Rosamunde Pilcher, geboren 1924 in Lelant/Cornwall, arbeitete zunächst beim Foreign Office und trat während des Zweiten Weltkrieges dem Women's Royal Naval Service bei. 1946 heiratete sie Graham Pilcher und zog nach Dundee/Schottland, wo sie seither wohnt. Seit ihrem Roman «Die Muschelsucher» (rororo 13180) ist sie eine der erfolgreichsten und meistverfilmten Autorinnen der Gegenwart. Ihre Werke liegen sämtlich in der Reihe der rororo-Taschenbücher und im Wunderlich Verlag vor.

Rosamunde Pilcher

FRÜHLINGSGESCHICHTEN

Deutsch von Dorothee Asendorf,
Margarete Längsfeld und Ingrid Altrichter

Rowohlt Taschenbuch Verlag

Die in diesem Band abgedruckten Geschichten wurden
dem 1991 bei New English Library, Hodder and Stoughton Ltd.,
London, erschienenen Buch «Flowers in the Rain»
und dem 1985 bei St. Martin's Press, New York,
erschienenen Titel «The Blue Bedroom» entnommen.
Copyright-Angaben zu den einzelnen Beiträgen
siehe Seite 173 / 174.

Neuausgabe März 2003
Veröffentlicht im Rowohlt Taschenbuch Verlag
GmbH, Reinbek bei Hamburg, September 1999
Titel der im Wunderlich Taschenbuch
Verlag erschienenen Ausgabe
«Jahreszeiten der Liebe – Frühlingsgeschichten»
«Blumen im Regen» Copyright © 1992 by
Rowohlt Verlag GmbH, Reinbek bei Hamburg
«Flowers in the Rain» Copyright © 1991 by
Rosamunde Pilcher
«Das blaue Zimmer» Copyright © 1994 by
Rowohlt Verlag GmbH, Reinbek bei Hamburg
«The Blue Bedroom» Copyright © 1985 by
Rosamunde Pilcher
Umschlaggestaltung any.way, Wiebke Buckow
(Foto: IFA-Bilderteam-I.P. S.)
Gesamtherstellung Clausen & Bosse, Leck
Printed in Germany
ISBN 3 499 23360 6

Inhalt

Toby

An einem kalten Frühlingstag kurz vor Ostern trat Jemmy Todd, der Briefträger, in die Küche der Hardings, legte ihnen die Morgenpost auf den Frühstückstisch und teilte ihnen mit, daß ihr Nachbar, Mr. Sawcombe, am frühen Morgen an einem Herzinfarkt gestorben war.

Vier Hardings saßen am Tisch. Toby, acht Jahre alt, aß seine Cornflakes. Als er nun von Mr. Sawcombes Tod hörte, konnte er den Mundvoll Cornflakes, teils durchweicht, teils knusprig, nicht herunterbringen, weil er das Kauen vergessen hatte und sich zudem ein Kloß in seiner Kehle bildete.

Nur gut, daß die übrige Familie sich ebenso erschüttert und sprachlos zeigte. Sein Vater, der fürs Büro angezogen war und gerade aufstehen und zur Arbeit gehen wollte, stellte seine Kaffeetasse hin, lehnte sich auf seinem Stuhl zurück und sah Jemmy an.

«Bill Sawcombe ist tot? Wann hast du es erfahren?»

«Der Pfarrer hat's mir gleich erzählt, gerade als ich mit meiner Runde anfing. Hab ihn getroffen, wie er aus der Kirche kam.»

Toby sah seine Mutter an, deren Augen von Tränen glänzten. «Ach herrje.» Er konnte es nicht ertragen, sie weinen zu sehen. Er hatte sie schon einmal weinen sehen, als ihr alter Hund eingeschläfert werden mußte, und da war er tagelang das Gefühl nicht losgeworden, daß seine Welt in Stücke brach. «Die arme Mrs. Sawcombe. Wie schrecklich für sie.»

«Er hatte vor ein paar Jahren schon mal einen Herzinfarkt, wie ihr wißt», sagte Jemmy.

«Aber er hat es überstanden. Und es ging ihm so gut; er hatte Freude an seinem Garten und genoß es, Zeit für sich zu haben, nachdem er all die Jahre auf dem Hof geschuftet hatte.»

Vicky, neunzehn Jahre alt, fand die Sprache wieder. «Ich halt's nicht aus. Ich glaub, ich halt's einfach nicht aus.»

Vicky war über die Ostertage nach Hause gekommen. Sie arbeitete in London, wo sie sich mit zwei anderen Mädchen eine Wohnung teilte. In den Ferien zog Vicky sich zum Frühstück nie an, sie kam im Bademantel herunter, aus weißem Frottierstoff mit blauen Streifen. Die Streifen waren von demselben Blau wie Vickys Augen; sie hatte lange helle Haare, und manchmal sah sie sehr hübsch aus und manchmal sehr häßlich. Jetzt sah sie häßlich aus. Kummer machte sie häßlich; dann zogen sich ihre Mundwinkel nach unten, als würde sie gleich in Tränen ausbrechen, was die spitzen Konturen ihres schmalen, knochigen Gesichts noch betonte. Der Vater sagte immer zu Vicky, sie sei viel zu dünn, aber da sie aß wie ein Scheunendrescher, konnte ihr niemand etwas vorwerfen, höchstens Gefräßigkeit.

«Er war so nett. Er wird uns fehlen.» Die Mutter sah Toby an, der immer noch mit vollem Mund dasaß. Sie wußte – alle wußten –, daß Mr. Sawcombe Tobys bester Freund gewesen war. Sie beugte sich über den Tisch und legte ihre Hand auf die seine. «Wir werden ihn alle vermissen, Toby.»

Toby antwortete nicht. Aber als er Mutters Hand auf seiner spürte, schaffte er es, die Cornflakes vollends herunterzuschlucken. Seine Mutter räumte voller Verständnis die halbleere Schale fort, die vor ihm auf dem Tisch stand.

«Nur gut», sagte Jemmy, «daß Tom den Hof übernimmt. So steht Mrs. Sawcombe jetzt wenigstens nicht allein da.»

Tom war Mr. Sawcombes Enkel, dreiundzwanzig Jahre alt. Toby und Vicky hatten ihn ihr Leben lang gekannt. Früher, als sie viel jünger waren, waren Vicky und Tom zusammen auf Feste gegangen, auf Bälle des Reitervereins und im Sommer ins Ghymkhana-Zeltlager. Aber dann besuchte Tom die Landwirtschaftsschule, und Vicky ließ sich zur Sekretärin ausbilden und ging nach London, und jetzt hatten sie sich anscheinend nicht mehr viel zu sagen.

Toby fand das schade. Vicky lernte eine Menge neue Freunde kennen, die sie manchmal mit nach Hause brachte. Aber keinen fand Toby so nett wie Tom Sawcombe. Einmal war einer, Philip hieß er, gekommen, um mit den Hardings Silvester zu feiern. Er war sehr groß und blond und fuhr einen Wagen, der wie ein glänzender schwarzer Torpedo aussah, doch irgendwie fügte Philip sich nicht recht in ein geordnetes Familienleben, und was noch irritierender war, in seiner Gegenwart fügte Vicky sich auch nicht. Sie sprach anders, sie lachte anders.

Am Silvesterabend veranstalteten sie eine kleine Party, und Tom war auch eingeladen, aber Vicky behandelte ihn von oben herab, und Tom war offenbar sehr gekränkt. Toby fand ihr Benehmen ekelhaft. Er hatte Tom sehr gern und konnte es nicht ertragen, ihn so bedrückt zu sehen, und als der gräßliche Abend um war, sagte er es seiner Mutter.

«Ich weiß genau, wie dir zumute ist», erwiderte seine Mutter, «aber wir müssen Vicky zugestehen, daß sie ihr eigenes Leben lebt und ihre eigenen Entscheidungen trifft. Sie ist jetzt erwachsen, sie kann sich ihre eigenen Freunde aussuchen, ihre eigenen Fehler machen, ihre eigenen Wege gehen. Das ist in einer Familie ganz normal.»

«Ich will keine Familie mit Vicky, wenn sie so gräßlich ist.»

«Das sagst du vielleicht jetzt bloß so, aber sie ist und bleibt deine Schwester.»

«Ich kann Philip nicht ausstehen.»

Der unausstehliche Philip verschwand jedoch zum Glück aus Vickys Leben. Sie lud ihn nicht wieder nach Hause ein, und allmählich wurde sein Name in ihren Erzählungen durch andere ersetzt. Vickys Familie stieß einen Seufzer der Erleichterung aus, und alles ging wieder seinen gewohnten Gang, nur nicht für Tom. Seit jenem Abend hatte seine Beziehung zu Vicky einen Knacks bekommen, und Tom kam nicht mehr ins Haus.

«Nein, Mrs. Sawcombe steht gottlob nicht allein da», sagte Mr. Harding. «Tom ist ein braver Kerl.» Er sah auf seine Uhr und stand auf. «Ich muß los. Danke, daß du's uns gesagt hast, Jemmy.»

«Tut mir leid, daß ich eine traurige Nachricht überbringen mußte», erwiderte Jemmy und stieg in seinen kleinen roten Postlieferwagen, um die Neuigkeit in der übrigen Gemeinde zu verbreiten. Tobys Vater fuhr mit dem Auto ins Büro. Vicky ging nach oben, sich anziehen. Toby und seine Mutter blieben allein am Tisch zurück.

Er sah sie an, und sie lächelte, und er sagte: «Ich hab noch nie einen Freund gehabt, der gestorben ist.»

«Früher oder später erlebt das jeder einmal.»

«Er war erst zweiundsechzig. Er hat's mir vorgestern gesagt. Das ist nicht alt.»

«Ein Herzanfall ist eine komische Sache. Wenigstens war er nicht krank oder gebrechlich. Er hätte es gehaßt, bettlägerig und auf seine Familie angewiesen zu sein – allen eine Last. Wenn jemand stirbt, Toby, mußt du an die guten Dinge denken, dich an die schönen Zeiten erinnern und dafür dankbar sein.»

«Ich bin nicht dankbar, daß Mr. Sawcombe tot ist.»

«Der Tod ist ein Teil des Lebens.»

«Er war erst zweiundsechzig.»

«Möchtest du Eier mit Speck?»

«Will ich nicht.»

«Was möchtest du denn?»

«Weiß ich nicht.»

«Magst du nicht ins Dorf gehen und David fragen, ob er mit dir spielen will?» David Harker war Tobys Ferienfreund. Sein Vater war der Wirt der Dorfkneipe, und manchmal bekam Toby eine Brause oder eine Packung Chips geschenkt.

Toby überlegte. Es war vielleicht besser als nichts. «Ist gut.» Er schob seinen Stuhl zurück und stand auf. Er hatte ein schrecklich beklemmendes Gefühl in der Brust, als hätte jemand sein Herz verwundet.

«... und sei nicht zu traurig wegen Mr. Sawcombe. Er würde nicht wollen, daß du traurig bist.»

Er ging aus dem Haus und den Feldweg entlang. Zwischen dem Weg und der Kuhweide, die zu Mr. Sawcombes Bauernhof gehörte, lag eine kleine Koppel, auf der Vicky früher ihr

Pony gehalten hatte. Aber das Pony gab es längst nicht mehr, und Tobys Vater hatte Mr. Sawcombe das Weideland für Mrs. Sawcombes vier Jacob-Mutterschafe verpachtet. Sie waren ihre Lieblinge, gehörnt und gefleckt, und hatten altmodische Namen wie Daisy oder Emily. An einem kalten Morgen Ende Oktober war Toby hergekommen, um die Schafe zu sehen, und hatte mitten unter ihnen einen mächtigen gehörnten Widder angetroffen. Der Widder war eine Weile geblieben und dann von seinem Besitzer würdelos im Laderaum eines ramponierten Lieferwagens nach Hause verfrachtet worden.

Aber er hatte seine Pflicht getan. Schon waren drei Lämmerzwillingspaare geboren, und nur Daisy wartete noch auf ihre Niederkunft. Toby lehnte sich über den Zaun und rief nach ihr. Sie kam langsam, würdevoll, liebkoste mit ihrer edlen Nase seine Hand und gestattete ihm, ihr den wolligen Schädel zwischen den stolzen, gebogenen Hörnern zu kraulen.

Toby besah sie mit Kennerblick, so wie Tom sie zu begutachten pflegte. Sie war riesenhaft; das lange, weiche Vlies ließ den Leib noch massiger wirken.

«Kriegst du heute deine Zwillinge?» fragte er sie.

Wenn Daisy auch Zwillinge kriegt, hatte Mr. Sawcombe erst vorige Tage gesagt, bekommen wir eine Lammung von zweihundert Prozent, Toby. Zweihundert Prozent. Das ist das Beste, was ein Schafzüchter verlangen kann. Es würde mich freuen. Für Mrs. Sawcombe würde es mich freuen.

Es war unvorstellbar, daß er nie mehr mit Mr. Sawcombe sprechen würde. Unvorstellbar, daß er tot war, daß er einfach nicht da war. Viele Menschen waren gestorben, aber noch keiner, der Toby so nahestand wie Mr. Sawcombe. Tobys Großvater war gestorben, doch das war schon so lange her, daß Toby sich nicht mal mehr an ihn erinnern konnte. Er kannte nur die Fotografie am Bett der Großmutter und die Geschichten, die Granny ihm erzählt hatte. Nach dem Tod seines Großvaters war Granny in dem alten, leeren Haus wohnen geblieben, bis ihr die Arbeit zuviel wurde. Darauf hatte Tobys Vater den hinteren Flügel seines Hauses zu einer Wohnung für Granny umgebaut, und nun wohnte Granny bei den Hardings. Und doch nicht bei ihnen, denn es war eine separate Wohnung. Granny hatte ihre eigene Küche und ihr eigenes Bad, sie kochte sich ihr Essen selbst, und man mußte an die Tür klopfen, bevor man sie besuchen durfte. Tobys Mutter sagte, es sei wichtig, stets anzuklopfen, denn unangekündigt bei Granny hereinzuplatzen sei eine Verletzung ihrer Privatsphäre.

Toby verließ Daisy und ging tief in Gedanken versunken ins Dorf. Er kannte noch mehr Leute, die gestorben waren. Als Mrs. Fletcher starb, die den Dorfladen und das Postamt betrieb, hatte Tobys Mutter einen schwarzen Hut aufgesetzt und war zu Mrs. Fletchers Beerdigung gegangen. Aber Mrs. Fletcher war keine Freundin gewesen. Toby hatte sich vielmehr vor ihr gefürchtet. Sie war so alt, so häßlich; wie eine große schwarze Spinne hatte sie dagehockt und Briefmarken verkauft. Nach Mrs. Fletchers Tod hatte ihre Tochter Olive den Laden übernommen, doch bis an ihr Ende war Mrs. Fletcher dort gewesen, hatte finsteren Blicks mit ihrem Gebiß geschmatzt, Strümpfe gestrickt und mit den kleinen, glänzenden Augen alles beobachtet, was vorging. Nein, er hatte Mrs. Fletcher nicht geliebt. Aber Mr. Sawcombe vermißte er schon jetzt.

Er dachte an David. Geh doch mit David spielen, hatte seine Mutter vorgeschlagen, aber Toby war überhaupt nicht danach, Astronaut zu spielen oder in dem schlammigen Fluß, der am Ende des Gartens hinter der Kneipe floß, nach Fischen zu sehen. Er wollte lieber einen anderen Freund besuchen, Willie Harrell, den Dorftischler. Willie war ein sanfter Mensch, der gemächlich sprach und altmodische Latzhosen und eine unförmige Tweedmütze trug. Toby hatte sich mit ihm angefreundet, als Willie ins Haus kam, um neue Küchenschränke einzubauen, und seither gehörte es an müßigen Ferienvormittagen zu seinen Lieblingsbeschäftigungen, ins Dorf zu spazieren und in Willies Werkstatt ein paar Worte mit ihm zu wechseln.

Die Werkstatt war ein magischer Ort, der süßlich roch und mit Hobelspänen übersät war. Hier schreinerte Willie Hofgatter und Scheunentore, Fensterrahmen, Deckenträger und Balken. Und hier fertigte Willie von Zeit zu Zeit auch Särge, denn er war nicht nur der Tischler, sondern auch der Bestattungsunternehmer des Dorfes. In dieser Rolle wurde er ein vollkommen anderer Mensch, mit Melone und schwarzem Anzug, und dann nahm er eine gedämpfte, respektvolle Stimme und eine fromme, betrübte Miene an.

Die Tür seiner Werkstatt stand heute morgen offen. Sein kleiner Lieferwagen parkte in dem vollgestellten Hof. Toby ging zur Tür und steckte den Kopf hinein. Willie lehnte an seiner Werkbank und trank eine Tasse Tee.

«Willie?»

Er sah auf. «Hallo, Toby.» Er lächelte. «Na, was gibt's?»

«Ich dachte, ich komm einfach mal vorbei.» Ob Willie von Mr. Sawcombe wußte? Er ging zu Willie hinüber, lehnte sich neben ihn an die Werkbank, nahm einen Schraubenzieher und fummelte damit herum.

«Nichts zu tun?»

«Nicht viel.»

«Vor einer Minute hab ich David auf seinem Fahrrad gesehen, mit 'nem Cowboyhut auf. Macht nicht viel Spaß, ganz allein Cowboy zu spielen.»

«Hab keine Lust zum Cowboyspielen.»

«Ich hab heute keine Zeit, mich mit dir zu unterhalten. Hab zu tun. Muß nach elf zu Sawcombes.»

Toby sagte nichts darauf. Er wußte, was das bedeutete. Willie und Mr. Sawcombe waren ihr Leben lang Freunde gewesen, sie waren Kegelbrüder und sonntags zusammen Kirchendiener gewesen. Jetzt mußte Willie ... Toby scheute sich zu Ende zu denken, was Willie tun würde.

«Willie?»

«Ja?»

«Mr. Sawcombe ist tot.»

«Hab mir gedacht, daß du es weißt», sagte Willie mitfühlend. «Hab's deinem Gesicht angesehen, gleich als du reingekommen bist.» Er stellte seine Teetasse hin und legte Toby weiß, du wirst ihn vermissen. Vermissen werden wir ihn alle», fügte er hinzu, und plötzlich hörte er sich unglücklich an.

«Er war mein bester Freund.»

«Ich weiß.» Willie schüttelte den Kopf. «Freundschaft ist was Komisches. Du, ein kleiner Knirps – wie alt bist du? Acht Jahre. Trotzdem seid ihr zwei prima miteinander ausgekommen. Wir dachten immer, das lag daran, daß du so viel dir selbst überlassen warst. Warst ja viel kleiner als Vicky. Kleiner Nachkömmling, haben Bill und ich dich immer genannt. Hardings kleiner Nachkömmling.»

«Willie … machst du einen Sarg für Mr. Sawcombe?»

«Werd ich wohl.»

Toby stellte sich vor, wie Willie den Sarg machte, wie er das Holz auswählte, es glatthobelte, seinen alten Freund in das warme, duftende Innere bettete, ganz so, als ob er ihn ins Bett legte. Eine seltsam tröstliche Vorstellung war das.

«Willie?»

«Was gibt's?»

«Ich weiß, wenn einer stirbt, kommt er in einen Sarg und wird auf den Friedhof getragen. Und ich weiß, Leute, die tot sind, gehen zu Gott in den Himmel. Aber was passiert dazwischen?»

«Ah», sagte Willie. Er nahm noch einen Schluck Tee, trank seine Tasse leer. Dann legte er seine Hand auf Tobys Kopf und zauste ihm ein bißchen die Haare. «Vielleicht ist das ein Geheimnis zwischen Gott und mir.»

Toby hatte noch immer keine Lust, mit David zu spielen. Als Willie in seinem kleinen Lieferwagen zu Sawcombes gefahren war, machte sich Toby auf den Nachhauseweg, weil ihm nichts anderes einfiel. Er nahm die Abkürzung über die Schafweide. Die drei Mutterschafe, die schon gelammt hatten, grasten mitten auf der Weide, umgeben von ihren Kindern. Aber Daisy hatte sich in eine Ecke zurückgezogen, in den Schatten einer großen Waldkiefer, wo sie vor dem Wind und der blendenden Frühlingssonne geschützt war. Und neben ihr stand, winzig wie ein Hundejunges, auf unsicheren Beinen schwankend, ein einziges Lämmchen.

Toby wußte, daß er jetzt nicht in ihre Nähe durfte. Er beobachtete sie ein Weilchen, sah das Baby den riesigen welligen Leib mit der Schnauze nach Milch absuchen, hörte Daisy sachte mit ihrem Baby sprechen. Er war hin und her gerissen zwischen Freude und Enttäuschung. Freude, weil das Lamm gesund auf die Welt gekommen war, und Enttäuschung, weil es keine Zwillinge waren und Mrs. Sawcombe jetzt nicht auf ihre zweihundertprozentige Lammung kam. Daisy legte sich nach einer Weile schwerfällig nieder. Das Lamm ließ sich neben sie fallen. Toby ging weiter, stieg über den Zaun und trat ins Haus, um es seiner Mutter zu erzählen. «Daisy hat ihr Lamm gekriegt. Das war das letzte.»

Seine Mutter stampfte gerade Kartoffeln fürs Mittagessen. Sie drehte sich am Herd zu Toby um. «Keine Zwillinge?»

«Nein, bloß eins. Es nuckelt und sieht ganz gesund aus. Vielleicht sollten wir es Tom sagen.»

«Warum rufst du ihn nicht an?»

Aber Toby mochte nicht bei Sawcombes anrufen. Vielleicht ging Mrs. Sawcombe an den Apparat, und dann wüßte er nicht, was er sagen sollte.

«Kannst du nicht anrufen?»

«Ach Liebling, im Moment geht es schlecht. Das Mittagessen ist fertig, aber nachher will ich zu Mrs. Sawcombe und ihr einen Blumenstrauß bringen. Dann kann ich es Tom ausrichten lassen.»

«Ich finde, er muß es gleich wissen. Mr. Sawcombe wollte es immer sofort wissen, wenn die Lämmer kamen. Bloß für alle Fälle, hat er gesagt.»

«Schön, wenn dir so viel daran liegt, laß Vicky Tom anrufen.»

«Vicky?»

«Fragen kannst du sie ja. Sie ist oben, bügeln. Und sag ihr, das Essen ist fertig.»

Er ging zu seiner Schwester hinauf. «Vicky, Essen ist fertig, und Daisy hat ihr Lamm gekriegt, und könntest du vielleicht bei Sawcombes anrufen und Tom Bescheid sagen. Er will's bestimmt gerne wissen.»

Vicky stellte das Bügeleisen mit einem Plumps hin. «Ich ruf Tom Sawcombe nicht an.»

«Warum nicht?»

«Weil ich nicht will, darum. Ruf du ihn doch an.»

Toby wußte, weshalb sie Tom nicht anrufen wollte. Weil sie Silvester so gräßlich zu ihm gewesen war und weil er seitdem nicht mehr mit ihr gesprochen hatte.

Toby rümpfte die Nase. «Was soll ich sagen, wenn Mrs. Sawcombe ans Telefon geht?»

«Schön, dann soll Mutter ihn anrufen.»

«Sie hat keine Zeit, weil sie nach dem Essen zu Mrs. Sawcombe geht.»

«Wieso läßt sie es Tom dann nicht ausrichten?»

«Tut sie ja, hat sie gesagt.»

«Ach Toby», sagte Vicky wütend, «wozu dann das ganze Theater?»

Er sagte störrisch: «Mr. Sawcombe wollte es immer am liebsten sofort wissen.»

Vicky zog die Stirne kraus. «Mit Daisy ist doch nichts schiefgegangen?» Sie hatte Daisy genauso gern wie Toby, und sie hörte sich jetzt nicht mehr mürrisch und schnippisch an, sondern sprach mit ihrer normalen, netten Stimme.

«Ich glaube nicht.»

«Dann ist ja alles gut.» Sie schaltete das Bügeleisen ab und stellte es zum Abkühlen aufrecht auf das Bügelbrett. «Gehen wir runter, essen. Ich bin am Verhungern.»

Die spärlichen Wolken vom Vormittag verdichteten sich und wurden dunkler, und nach dem Mittagessen begann es zu regnen. Tobys Mutter zog einen Regenmantel an und fuhr in ihrem Auto mit einem großen Strauß Narzissen Mrs. Sawcombe besuchen. Vicky sagte, sie ginge sich die Haare waschen. Toby, der nichts Rechtes anzufangen wußte, zockelte in sein Zimmer, legte sich aufs Bett und fing ein Buch zu lesen an, das er sich aus der Bücherei geholt hatte. Es handelte von Erforschern der Arktis, aber er hatte das erste Kapitel noch nicht zu Ende gelesen, als er vom Geräusch eines Autos unterbrochen wurde, das den Feldweg entlangkam und knirschend auf dem Kies vor der Haustür anhielt. Er legte sein Buch beiseite und ging zum Fenster. Draußen stand Tom Sawcombes alter Landrover, und dann sah er Tom aussteigen.

Er öffnete das Fenster und lehnte sich hinaus. «Hallo.»

Tom guckte nach oben. Toby sah seinen blonden, mit Regentropfen beperlten Lockenkopf, sein braunes Gesicht und die blauen Augen, seine breiten Rugby-Schultern unter der geflickten Khakijacke, die er immer zur Arbeit trug. Seine verblaßten Bluejeans steckten in grünen Gummistiefeln.

«Deine Mutter hat mir wegen Daisy Bescheid gesagt. Ich will mal nach ihr sehen. Ist Vicky da?»

Das war verwunderlich. «Sie wäscht sich die Haare.»

«Kannst du sie holen? Ich bin nicht sicher, ob nicht noch ein Lamm unterwegs ist, und dann brauche ich Hilfe.»

«Ich helf dir.»

«Ich weiß, Junge, aber du bist ein bißchen klein, um ein altes Schaf wie Daisy festzuhalten. Geh lieber Vicky holen.»

Toby zog sich vom Fenster zurück und tat wie geheißen.

Er fand Vicky im Badezimmer. Sie hielt den Kopf ins Waschbecken und spülte ihre Haare mit der Brause.

«Vicky, Tom ist da.»

Vicky drehte das Wasser ab und richtete sich auf. Ihre hellen Haare tropften auf ihr T-Shirt. Sie schob sie aus dem Gesicht und sah Toby an.

«Tom? Was will er?»

«Er meint, Daisy hat vielleicht noch ein Lamm im Bauch. Er sagt, er braucht Hilfe, und ich bin nicht groß genug, um sie festzuhalten.»

Sie griff sich ein Handtuch und wand es sich um den Kopf. «Wo ist er?»

«Unten.»

Schon war sie aus dem Badezimmer und lief die Treppe hinunter. Tom wartete unten; er war einfach ins Haus gegangen, wie in alten Zeiten, bevor er und Vicky sich zerstritten hatten.

«Wenn noch ein Lamm da ist», meinte Vicky, «ist es dann nicht längst tot?»

«Wir werden sehen. Hol einen Eimer Wasser, sei so lieb, und Seife. Bring alles auf die Weide. Komm, Toby, du gehst mit mir.»

Draußen goß es jetzt in Strömen. Sie gingen den Feldweg entlang, überquerten bei den Rhododendren das hohe, nasse Gras, dann kletterten sie über den Zaun. Durch den Regenschleier konnte Toby Daisy auf sie warten sehen. Sie war auf den Beinen, schützte das Lämmchen und streckte ihnen den Kopf entgegen. Als sie näher kamen, gab sie ein tief aus der Brust kommendes Geräusch von sich, das in keiner Weise an ihr übliches gesundes Blöken erinnerte.

«Ruhig, Mädchen, ruhig.» Tom sprach mit sanfter Stimme. «Ist ja gut.» Er ging geradewegs zu ihr und griff ohne Umschweife nach ihren Hörnern. Sie wehrte sich nicht wie sonst, wenn jemand das machte. Vielleicht wußte sie, daß sie Hilfe brauchte und daß Tom und Toby deswegen gekommen waren. «Ruhig, Mädchen, ganz ruhig.» Tom strich mit einer Hand über das dicke, regennasse Fell auf ihrem Rücken.

Toby sah zu. Er hatte Herzklopfen, nicht so sehr vor Sorge als vor Aufregung. Er hatte keine Angst, denn Tom war ja da, ebenso wie er nie vor etwas Angst gehabt hatte, wenn Mr. Sawcombe neben ihm stand.

«Aber Tom, wenn sie noch ein Lamm im Bauch hat, warum ist es dann nicht herausgekommen?»

«Vielleicht ist es ein großer Bursche. Vielleicht hat es sich nicht in die richtige Lage gebracht.» Tom sah zum Haus hinüber, und Toby folgte seinem Blick. Vicky kam mit ihren langen Storchenbeinen und ihren pitschnassen Haaren zu ihnen, ein überschwappender Eimer zog sie mit seinem Gewicht zur Seite. Als sie bei ihnen angelangt war und den Eimer abgestellt hatte, sagte Tom: «Gut gemacht, Mädchen. Jetzt hältst du sie, Vicky. Fest und doch sachte. Sie wird sich nicht wehren. Krall dich ruhig mit den Fingern in ihr Fell. Und Toby, du nimmst ihre Hörner und sprichst auf sie ein. Beruhigend. Dann weiß sie, daß sie in guten Händen ist.»

Vicky schien drauf und dran, in Tränen auszubrechen. Sie kniete sich in den Schlamm, legte die Arme um Daisy und drückte ihre Wange an Daisys weiche Wolle. «Oh, arme Daisy. Du mußt ganz tapfer sein. Alles wird gut.»

Tom zog sich aus. Jacke, Hemd, das weiße T-Shirt. Nackt bis zur Taille, seifte er sich Hände und Arme ein.

«So», sagte er. «Jetzt wollen wir mal sehen, was da los ist.»

Toby klammerte sich an Daisys Hörner und hätte am liebsten die Augen zugemacht. Aber er tat es nicht. Sprich auf sie ein, hatte Tom gesagt. Beruhigend. «Ruhig, ruhig», sagte Toby zu Daisy, weil er Tom das zu ihr hatte sagen hören und ihm nichts anderes einfiel. «Ruhig, ruhig, Daisy, Schätzchen.» Dies war eine Geburt. Das ewige Wunder, hatte Mr. Sawcombe es genannt. Dies war der Beginn des Lebens, und er, Toby, half dabei.

Er hörte Tom sprechen. «Weiter so. Weiter so … keine Bange, altes Mädchen.»

Daisy gab aus Unbehagen und Unmut ein einziges Stöhnen von sich, und dann sagte Tom: «Da ist er! Ein Pfundskerl, und er lebt.»

Und da war es, das kleine Geschöpf, das die ganze Mühe verursacht hatte. Ein weißer Widder mit schwarzen Flecken. Blutbeschmiert lag er auf der Seite, aber es war ein kräftiges, gesundes Lamm. Toby ließ Daisys Hörner los, und Vicky lockerte ihren Griff. Erleichtert machte sich Daisy an die Begutachtung des Neuankömmlings. Sie stieß einen leisen, mütterlichen Laut aus und beugte sich, um das Neugeborene zu lecken. Nach einer kleinen Weile stupste sie es sachte mit ihrer Nase, und es dauerte nicht lange, da rührte es sich, hob den Kopf und kam erstaunlicherweise wackelnd auf seine langen, unsicheren Beine. Sie leckte es abermals, erkannte es als ihres und nahm es liebevoll und fürsorglich in ihre Obhut. Das Lämmchen machte ein, zwei torkelnde Schritte und fing alsbald, von seiner Mutter ein wenig ermuntert, zu saugen an.

Noch lange nachdem Tom sich mit seinem Hemd abgetrocknet und seine Sachen angezogen hatte, blieben sie da, ohne auf den Regen zu achten, und sahen Daisy und ihren Zwillingen zu, gefesselt von dem Wunder, zufrieden mit sich und ihrer vereint vollbrachten Leistung. Vicky und Toby saßen nebeneinander unter der alten Waldkiefer auf der Erde, und Vicky hatte ein Lächeln im Gesicht, wie Tom es seit einer Ewigkeit nicht gesehen hatte.

Sie sah Tom an. «Woher wußtest du, daß da noch ein Lamm war?»

«Sie war immer noch sehr unförmig, und sie schien sich nicht besonders wohl zu fühlen. Sie war unruhig.»

Toby sagte: «Mrs. Sawcombe hat eine zweihundertprozentige Lammung erzielt.»

Tom lächelte. «Das stimmt, Toby.»

«Aber warum ist das Lamm nicht von allein gekommen?»

«Schau es dir nur an! Ein großer Bursche mit einem großen Kopf. Aber jetzt geht es ihm gut.» Dann sah er auf Vicky hinunter. «Du darfst nicht länger hier im Regen sitzen bleiben. Du holst dir einen Schnupfen, deine Haare sind ja ganz naß.» Er bückte sich nach dem Eimer, dann reichte er Vicky seine andere Hand. «Komm jetzt.»

Sie nahm seine Hand, und er zog sie auf die Beine. Da standen sie und lächelten sich an.

Er sagte: «Gut, daß wir miteinander reden.»

«Ja», sagte Vicky. «Verzeih.»

«Es war genauso meine Schuld.»

Vicky blickte schüchtern drein. Sie lächelte wieder, wehmütig, ein Lächeln, das die Mundwinkel nach unten bog. «Laß uns nicht wieder streiten, Tom.»

«Mein Großvater sagte immer, das Leben ist zu kurz zum Streiten.»

«Ich habe dir noch nicht gesagt, wie leid es mir tut … daß er … es ist für uns alle ein Verlust. Ich weiß nicht, wie ich es richtig sagen soll.»

«Ist schon gut», sagte Tom. «Manche Dinge muß man nicht aussprechen. Komm jetzt.»

Toby schienen sie vergessen zu haben. Sie schlenderten fort von ihm, über die Weide, Tom hatte den Arm um Vicky gelegt, und Vickys nasser Kopf lehnte an Toms Schulter.

Toby beobachtete die zwei zufrieden. Mr. Sawcombe hätte sich gefreut. Er hätte sich auch über Daisys Zwillinge gefreut. Das zweite Lamm war wirklich ein hübscher Bursche, nicht bloß ein Pfundskerl, wie Tom ihn genannt hatte, sondern mit schöner, ebenmäßiger Zeichnung und einem Paar Hörner, schon sichtbar wie Knospen, in weiche, lockige Wolle gebettet. Wie Mrs. Sawcombe das Lamm wohl nennen würde? Vielleicht Bill. Tom blieb, bis es zu naß und zu kalt wurde, um noch länger herumzustehen. Er kehrte den Schafen den Rükken und machte sich auf den Heimweg.

Seine Mutter kam von ihrem Besuch bei Mrs. Sawcombe zurück und bereitete ihm zum Tee eine üppige Mahlzeit mit Fischstäbchen, Chips und Bohnen, Pflaumenkuchen und Schokoladenplätzchen. Während er kräftig futterte, berichtete er von dem großen Abenteuer mit Daisy. «… und Tom und Vicky sind wieder dicke Freunde», erzählte er ihr.

Nach dem Tee kam Tobys Vater vom Büro nach Hause, und sie sahen sich zusammen im Fernsehen ein Fußballspiel an. Danach ging Toby nach oben in die Badewanne. Er lag in dem heißen, dampfenden Wasser, das nach Fichtennadeln duftete, weil er ein wenig von der Essenz aus Vickys Flasche gemopst hatte, und befand, daß der Tag alles in allem doch nicht ganz so schlimm gewesen war. Und dann beschloß er, seiner Großmutter einen Besuch abzustatten, die er den ganzen Tag nicht gesehen hatte.

Er stieg aus der Wanne, zog seinen Schlafanzug und seinen Bademantel an und ging durch den Flur, der zu ihrer Wohnung führte. Er klopfte an die Tür, sie rief «Herein», und es war, als trete er in eine andere Welt, weil ihre Möbel und Vorhänge und alle ihre Sachen so anders waren. Niemand sonst hatte so viele Fotografien und Nippessachen, und ständig brannte im Kamin ein kleines Kohlenfeuer. Er fand seine Großmutter strickend in einem ausladenden Sessel, und auf ihren Knien hatte sie ein Buch liegen. Sie besaß zwar einen Fernsehapparat, aber ihr lag nicht viel daran. Sie las lieber, und immer wenn Toby an sie dachte, sah er sie in das eine oder andere Buch vertieft. Aber wenn er sie unterbrach, legte sie jedesmal ein ledernes Lesezeichen zwischen die Seiten und klappte das Buch zu, um Toby ihre ungeteilte Aufmerksamkeit zu widmen.

«Hallo, Toby.»

Sie war schrecklich alt. (Die Großmütter anderer Jungen waren oft recht jung, aber Tobys war sehr alt, weil Tobys Vater, wie Toby, ein Nachkömmling gewesen war.) Und dünn war sie. So dünn, daß es aussah, als könnte sie entzweibrechen, und ihre Hände waren fast durchsichtig, mit dicken Knöcheln, über die sie ihre Ringe nicht bekam, so daß sie sie immerzu trug. Und sie funkelten und sahen richtig flott aus.

«Was hast du heute gemacht?»

Er zog sich einen Hocker heran, setzte sich und berichtete.

Er erzählte ihr von Mr. Sawcombe, aber das wußte sie schon. Er erzählte ihr, daß Willie einen Sarg für Mr. Sawcombe schreinerte. Er erzählte ihr, daß er nicht mit David Cowboy gespielt hatte, und er erzählte ihr von Daisys Lamm. Und dann erzählte er ihr von Vicky und Tom.

Granny wirkte hoch erfreut. «Das ist das Beste. Sie haben den blöden Streit beigelegt.»

«Meinst du, sie verlieben sich und heiraten?»

«Kann sein, kann auch nicht sein.»

«Warst du verliebt, als du Großpapa geheiratet hast?»

«Ich glaube schon. Es ist so lange her, daß ich es manchmal vergesse.»

«Hast du ...» Er zögerte, aber er mußte es wissen, und Granny hatte sich noch nie durch eine peinliche Frage in Verlegenheit bringen lassen. «Als er starb ... hast du ihn da sehr vermißt?»

«Warum fragst du? Vermißt du Mr. Sawcombe?»

«Ja. Den ganzen Tag. Den ganzen Tag hab ich ihn vermißt.»

«Das gibt sich. Später ist das mit dem Vermissen nicht mehr so schlimm, und dann erinnerst du dich nur an die schönen Zeiten.»

«Ist es dir mit Großpapa so gegangen?»

«Ich glaube schon. Ja.»

«Hat man große Angst, wenn man stirbt?»

«Das weiß ich nicht.» Sie lächelte ihr vertrautes Lächeln, belustigt und spitzbübisch, das so erstaunlich in diesem alten, runzligen Gesicht war. «Ich bin noch nie gestorben.»

«Aber ...» Er sah ihr fest in die Augen. Kein Mensch konnte ewig leben. «Aber hast du denn keine Angst?»

Die Großmutter nahm Tobys Hand. «Weißt du», sagte sie, «ich habe mir immer vorgestellt, daß das Leben eines jeden Menschen wie ein Berg ist. Und jeder muß allein auf diesen Berg steigen. Du beginnst im Tal, es ist warm und sonnig, ringsum sind Weiden und Bächlein, Butterblumen und sonst noch allerlei. Das ist deine Kindheit. Und dann fängst du an zu steigen. Allmählich wird der Berg etwas steiler, es geht sich nicht mehr so leicht, aber wenn du hin und wieder stehenbleibst und dich umschaust, ist die wunderbare Aussicht jede Anstrengung wert. Ganz oben auf dem Gipfel, wo Schnee und Eis in der Sonne glitzern und alles unglaublich schön ist, das ist die große Leistung, das Ende des langen Aufstiegs.»

Bei ihr hörte es sich wundervoll an. Voller Liebe zu ihr sagte er: «Ich will nicht, daß du stirbst.»

Die Großmutter lachte. «O mein Liebling, mach dir deswegen keine Sorgen. Ich werde euch allen noch lange zur Last fallen. So, und nun gibt's für jeden von uns eine Pfefferminzcreme, und dann legen wir zusammen eine Patience, was hältst du davon? Es ist so schön, daß du mich besuchst. Mir war allmählich ein bißchen langweilig, so mit mir allein ...»

Später sagte er ihr gute Nacht und verließ sie, ging sich die Zähne putzen und dann in sein Zimmer. Er zog die Gardinen zurück. Es hatte zu regnen aufgehört, und im Osten ging der Mond auf. Im Halblicht sah er die Koppel und die Umrisse der Schafe und ihrer Lämmer unter den schützenden Ästen der alten Kiefer versammelt. Er zog seinen Bademantel aus und ging ins Bett. Seine Mutter hatte eine Wärmflasche hineingetan, das war ein Genuß. Er legte sie sich auf den Bauch, lag mit weit offenen Augen im sanften, warmen Dunkel und dachte nach.

Er fand, daß er heute eine Menge gelernt hatte. Über das Leben. Er hatte bei einer Geburt geholfen und, bei Vicky und Tom, den Beginn einer neuen Beziehung beobachtet. Vielleicht würden sie heiraten. Vielleicht auch nicht. Wenn sie heirateten, würden sie Babys bekommen. (Er wußte schon, wie die Babys entstanden, weil Mr. Sawcombe es ihm einmal im Verlauf eines männlichen Gespräches über Viehzucht erklärt hatte.) Und er, Toby, würde dann Onkel.

Und dann der Tod ... Der Tod ist ein Teil des Lebens, hatte seine Mutter gesagt. Und Willie hatte gesagt, der Tod sei ein Geheimnis zwischen Gott und ihm. Aber Granny glaubte, der Tod sei der glitzernde, strahlende Gipfel des persönlichen Berges eines jeden Menschen, und das war vielleicht das Beste, das Tröstlichste von allem.

Mr. Sawcombe war auf seinen Berg gestiegen und hatte den Gipfel erreicht. Toby stellte ihn sich vor, wie er triumphierend dort stand. Er trug eine Sonnenbrille, weil der Himmel so hell war, und seinen besten Sonntagsanzug, und vielleicht hielt er eine Fahne in der Hand.

Toby war auf einmal sehr müde. Er schloß die Augen. Eine zweihundertprozentige Lammung. Mr. Sawcombe wäre sehr zufrieden gewesen. Wie schade, daß er Daisys Zwillinge nicht mehr erlebt hatte.

Aber als der Schlaf ihn langsam umfing, lächelte Toby in sich hinein, denn ohne besonderen Grund war er sich plötzlich ganz sicher, daß sein alter Freund, wo immer er jetzt sein mochte, es längst wußte.

Das Puppenhaus

William machte die Augen auf, und da war es wieder, dieses Samstagmorgengefühl, wenn einem alles licht und leicht vorkommt. Aus dem Erdgeschoß kam der Duft von brutzelndem Schinken, und draußen im Garten fing Loden, ihr Spaniel und Haushund, an zu bellen. William bewegte sich und griff nach seiner Armbanduhr. Acht Uhr.

Und weil nichts drängte und eilte, stand er nicht auf, sondern blieb noch ein Weilchen liegen und dachte über den vor ihm liegenden Tag nach. Es war April, und auf seinen Teppich fiel eine Raute aus Sonnenschein. Der Himmel hinter dem Fenster war von einem hellen, durchsichtigen Blau, vor dem die Wolken gemächlich dahinzogen. Es war ein Tag, den man im Freien verbringen mußte; ein Tag, an dem sein Vater die Familie Knall und Fall zusammengetrommelt, alle miteinander ins Auto gestopft und sie ans Meer oder zum Moor gefahren hätte, wo sie dann lange gewandert wären.

Meistens schaffte es William, nicht allzuviel an seinen Vater zu denken, doch ab und an überfielen ihn die Erinnerungen wie Fotos, gestochen scharf und mit sehr ausgezackten Rändern. Dann sah er seinen Vater, wie er mit ausgreifendem Schritt einen farnbewachsenen Hang hinaufstieg, Miranda auf den Schultern, weil der Anstieg für ihre kurzen, drallen Beinchen zu steil war; oder er hörte seine tiefe Stimme, wenn er ihnen an Winterabenden vorlas; oder er sah seine geschickten Hände, wie sie ein Fahrrad reparierten oder komplizierte Dinge mit Steckern und dem Sicherungskasten anstellten.

Er biß sich auf die Lippen und drehte den Kopf auf die andere Seite, wollte sich nicht diesen unsäglich schmerzhaften Gefühlen aussetzen, doch das machte alles nur noch schlimmer, denn jetzt mußte er den Gegenstand ansehen, der wie ein stiller Vorwurf an der gegenüberliegenden Wand auf seinem Arbeitstisch stand. Als er gestern abend mit den Schularbeiten fertig gewesen war, hatte er sich mehr als eine Stunde mit diesem Ding abgeplagt, und als er schließlich zu Bett gegangen war, wußte er, daß er sich geschlagen geben mußte.

Jetzt kam es ihm so vor, als lachte es ihn ganz unverhohlen aus.

«Das wird heute bestimmt kein lustiger Tag für dich», flüsterte es boshaft. «Du wirst dich den ganzen Samstag mit mir herumschlagen. Und wie ich das sehe, bleibe ich Sieger.»

Das reichte, um ihn völlig mutlos zu machen. Zwanzig Pfund hatte es ihn gekostet, und alles, was er vorzuweisen hatte, war ein Ding, das eher wie eine Apfelsinenkiste aussah.

Nach einem Weilchen stand er auf, ging durchs Zimmer, um es eingehender zu betrachten. Im stillen hoffte er immer noch, daß es besser aussah, als er dachte. Mitnichten. Ein Fußboden, eine Rückwand, zwei Seitenwände; ein Haufen kleiner Holzteile und ein Blatt Papier mit einer ihm schleierhaften Gebrauchsanweisung:

Hohlkehle im Winkel an die obere Vorderkante des vorderen Fensterquadrats leimen. Seitliche Fenstereinfassung innen an vorderes Fensterbrett kleben.

Es sollte ein Puppenhaus werden, ein Geschenk zu Mirandas siebtem Geburtstag in zwei Wochen, und das hielt er selbst vor seiner Mutter geheim. Und er kam damit nicht zu Rande, weil er zu ungeschickt oder zu dumm oder womöglich beides zugleich war.

Miranda hatte sich schon lange ein Puppenhaus gewünscht. Ihr Vater hatte es ihr zum siebten Geburtstag versprochen, und für Miranda machte die Tatsache, daß er nicht mehr bei ihnen war, keinen Unterschied. Sie war noch zu klein, um verstehen zu können, daß sie auch ohne Puppenhaus leben konnte.

«Ich kriege ein Puppenhaus zum Geburtstag», prahlte sie vor ihren Freundinnen, wenn sie sich mit zerfledderten Partykleidern und Straußenfedern und viel zu großen Schuhen verkleideten. «Versprochen ist versprochen.»

Das lag William schwer auf der Seele, und er beriet sich mit seiner Mutter, als sie zu zweit zu Abend aßen. Ehe sein Vater starb, hatte William immer mit Miranda Abendbrot gegessen und dann ferngesehen, aber jetzt, mit zwölf, war er aufgerückt. Und so sagte William bei Kotelett und Broccoli mit Kartoffelbrei: «Sie glaubt, sie kriegt das Puppenhaus. Wir müssen ihr eins schenken. Papa hat's versprochen.»

«Ich weiß. Und er hätte ihr ein Prachtexemplar gekauft, hätte weder Kosten noch Mühe gescheut. Aber wir können jetzt nicht mehr soviel Geld für Geschenke ausgeben.»

«Und ein gebrauchtes?»

«Ich sehe mich mal um.»

Eins fand sie im Antiquitätenladen, doch das kostete über hundert Pfund. Ein Trödler trieb ein anderes auf, aber das war so schäbig, daß allein schon der Gedanke, es Miranda zum Geburtstag zu schenken, eine Ohrfeige für ein intelligentes Kind bedeutete. William und seine Mutter klapperten die Spielzeuggeschäfte ab, doch die angebotenen Puppenhäuser waren gräßliche Plastikdinger mit vorgetäuschten Türen und Fenstern, die sich nicht aufmachen ließen.

«Wir warten wohl besser noch ein Jahr», meinte seine Mutter. «In der Zeit können wir sparen.»

Aber William wußte, es mußte dieses Jahr sein. Wenn sie Miranda jetzt enttäuschten, würde sie wahrscheinlich nie wieder einem Erwachsenen trauen, soviel stand fest. Außerdem schuldeten sie es ihrem Vater.

Und dann kam ihm die rettende Idee. Zufällig sah er die Anzeige auf der Rückseite der Sonntagszeitung.

Basteln Sie sich aus einem unserer Bausätze ein herkömmliches Puppenhaus. Ausführliche Anleitung, kinderleicht nachzubauen. Sonderangebot, nur zwei Wochen gültig. 19,50 Pfund, Versand und Verpackung inklusive.

Das las er und las es gleich noch einmal etwas genauer. Es gab nämlich Haken. Zum einen war Werken mit Holz nicht gerade seine starke Seite. Er war zwar Klassenbester in Englisch und Geschichte, aber dennoch war es ihm nahezu nicht möglich, einen Nagel gerade einzuschlagen. Zum anderen, woher das Geld nehmen? Er hatte sein Taschengeld gespart, weil er sich einen Taschenrechner kaufen wollte.

Not kennt kein Gebot. Die Anleitung sollte leicht sein. Und
er kam wohl auch noch eine Weile ohne Taschenrechner aus.
Sein Entschluß stand fest; er füllte den Bestellschein aus und
bezahlte den Bausatz mit einer Postanweisung.

Seiner Mutter erzählte er nichts davon. Jeden Morgen
stand er früh auf und ging nach unten, denn er mußte den
Postboten abfangen, ehe sie das Paket erblickte. Als es endlich
eintraf, trug er es gleich in sein Zimmer und versteckte es unter dem Kleiderschrank. An diesem Abend holte er tief Luft,
trieb einen Hammer auf und machte sich an die Arbeit.

Anfangs lief alles recht gut, und er bekam das Haus selber
zusammen. Doch dann begannen die Schwierigkeiten; es gab
eine Zeichnung, wie man die Fensterrahmen in die vorgesehe-
nen Öffnungen einsetzen sollte, aber er verstand nur Bahnhof.

William kehrte dem vertrackten Ding den Rücken, zog sich
an und ging nach unten, denn er mußte etwas zu essen haben.

Als er durch die Diele ging, klingelte das Telefon, und er
nahm ab.

«Hallo.»

«William?»

«Ja.» Er schnitt eine Grimasse. Arnold Ridgeway. Er wußte,
seine Mutter hatte es Arnold angetan. Verständlich zwar, aber
trotzdem kam William mit Arnold nicht ganz zurecht. Der war
Witwer und recht munter und laut auf eine gewisse plump-
vertrauliche Art. In letzter Zeit argwöhnte William, daß Arnold seine Mutter heiraten wollte, hoffte jedoch inständig, daß
daraus nichts würde. Seine Mutter liebte Arnold nicht. Ab und
an strahlte sie so etwas aus – eine Art innerliches Leuchten –,
das William seit dem Tod seines Vaters nicht mehr an ihr gesehen hatte. Und mit Sicherheit nicht, wenn Arnold da war.

Die Möglichkeit, daß der zu allem entschlossene Arnold sie schlicht zermürbte und daß sie ihn heiratete, weil seine weltlichen Güter ihr Bequemlichkeit und Sicherheit versprachen, die konnte man jedoch nicht ausschließen. Er wußte, daß sie ihm und Miranda zuliebe zu allem fähig war. Für ihre Kinder war ihr kein Opfer zu groß.

«Wie geht's deiner Mutter heute morgen?»

«Ich hab sie noch nicht gesehen.»

«Was für ein herrlicher Tag! Ich dachte, ich lad euch alle zum Mittagessen ein. Fahr mit euch nach Cottescombe rüber, und wir essen in den Drei Glocken. Später könnten wir uns den Wildpark anschauen. Na, wie wär's?»

«Hört sich super an, aber ich hole lieber meine Mutter.» Dann fiel ihm das Puppenhaus ein. «Ich kann sowieso nicht mitkommen. Sehr nett von Ihnen, aber ich habe, na ja, noch eine Menge Schularbeiten und so.»

«Schade. Aber macht nichts. Ein andermal dann. Sei so lieb und hol mir deine Mutter.»

Er legte den Hörer hin und ging in die Küche. «Arnold ist am Telefon...»

Sie saß am Tisch, trank Kaffee und las die Morgenzeitung. Sie hatte ihren alten türkisfarbenen, wollenen Morgenmantel an, und ihr schönes, rotes Haar fiel ihr wie Seide auf die Schultern.

«Oh, danke, Schatz.» Sie legte die Zeitung weg, stand auf und fuhr ihm im Hinausgehen mit der Hand über den Kopf.

Miranda aß ihr gekochtes Ei.

«Na, du Hexe», begrüßte William sie und ging zum Herd, wo man ihm sein Frühstück, Schinken, Würstchen und ein Ei, warm gehalten hatte.

«Was will Arnold?» fragte Miranda.

«Uns zum Mittagessen einladen.»

Sie spitzte sofort die Ohren. «In ein Restaurant?» Miranda war ein geselliges Kind und ging zu gern auswärts essen.

«Scheint so.»

«Oh, gut.» Als ihre Mutter zurückkam, fragte sie sofort: «Gehen wir mit?»

«Wenn du möchtest, Miranda. Arnold meint, Cottescombe würde uns Spaß machen.»

William sagte knapp: «Ich kann nicht mit.»

«Ach, Schatz, bitte. Bei dem schönen Wetter.»

«Ich muß was tun. Fahrt ruhig ohne mich.»

Sie widersprach ihm nicht. Sie wußte natürlich, daß es in seinem Zimmer ein Geheimnis gab, aber das war immer sorgsam abgedeckt, wenn sie hineinkam, und er wußte, daß heimlich nachsehen gegen ihre Grundsätze verstieß.

Sie seufzte. «Na schön. Dann bleibst du eben hier. Mach dir einen friedlichen Tag ohne uns.» Sie griff wieder zur Zeitung. «Das große Haus ist verkauft.»

«Woher weißt du das?»

«Hier aus der Zeitung. Ein gewisser Geoffrey Wray hat es gekauft. Der neue Manager der Elektronikfabrik in Tryford. Da, lies selber…»

Sie reichte ihm die Zeitung, und William las die Notiz mit einigem Interesse. Das große Haus hatte Miss Pritchett gehört, und das Häuschen hier, in dem William, seine Mutter und Miranda wohnten, war einst das Pförtnerhaus des Herrenhauses gewesen. Wer immer dies kaufte, würde also ihr nächster Nachbar sein.

Die alte Miss Pritchett war eine sehr nette Nachbarin gewesen und hatte ihnen erlaubt, ihren Garten als Abkürzung zum Dorfplatz und ins dahinter liegende Hügelland zu benutzen. Und die Kinder hatten in ihrem Obstgarten Äpfel und Pflaumen pflücken dürfen. Aber die alte Miss Pritchett war vor drei Monaten gestorben, und seitdem stand das Haus leer.

Und jetzt das… der Manager einer Elektronikfabrik! William schnitt eine Grimasse.

Seine Mutter lachte. «Was soll das heißen?»

«Wetten, daß er aussieht wie eine Rechenmaschine.»

«Wir sollten lieber nicht mehr durch den Garten gehen. Erst, wenn man uns dazu auffordert.»

«Darauf können wir lange warten.»

«Sei nicht so voreingenommen. Vielleicht hat er ja eine Frau und einen Haufen Kinder, mit denen ihr euch anfreunden könnt.»

William arbeitete den ganzen Morgen an dem Puppenhaus. Als seine Mutter um zwölf an die Tür klopfte, trat er auf den Flur, schloß jedoch sorgsam die Tür hinter sich.

«Wir gehen dann, William. Wenn du Mittag essen willst, es steht ein Kartoffelauflauf im Ofen. Und wenn du Zeit hast, dann geh mal mit Loden raus, ja?»

«Wird gemacht.»

«Aber nicht durch den Garten vom großen Haus.»

Die Haustür fiel ins Schloß, und er war allein. Widerwillig machte er sich wieder an seine Arbeit. Die Treppe hatte er fertig, jede kleine Stufe war sorgfältig an die andere geleimt, aber aus unerfindlichen Gründen war sie eine Spur zu breit geraten und wollte sich nicht einpassen lassen.

Er las zum hundertstenmal die Anleitung durch.

Treppenstufen auf die Grundplatte kleben.
Die zweite Zwischenwand auf die Grundplatte kleben.

Das hatte er alles gemacht. Und trotzdem paßte die Treppe nicht ins Haus. Wenn er doch nur jemanden fragen könnte, aber der einzige, der ihm einfiel, war sein Werklehrer, und den mochte er nicht besonders.

Auf einmal sehnte er sich nach seinem Vater. Sein Vater hätte genau gewußt, was zu tun war, der hätte das in die Hand genommen, hätte ihm Mut gemacht, ihm alles erklärt und die kleine Treppe eingepaßt.

Er merkte zu seinem Entsetzen, daß ihm, ehe er sich's versah, ein Kloß in die Kehle gestiegen war und daß das halb fertige Puppenhaus und alle dazugehörigen Teilchen verschwammen und in einer Tränenflut untergingen. Seit Jahren hatte er nicht mehr geweint, und er erschrak zutiefst über sein kindisches Benehmen.

Er trieb ein Taschentuch auf, putzte sich die Nase und trocknete die schmählichen Tränen. Draußen, vor dem offenen Fenster, lockte ein warmer Frühlingstag. Er dachte: ‹Ach, das Puppenhaus kann mir gestohlen bleiben›, und war, ehe er es sich recht überlegt hatte, aus dem Zimmer und die Treppe hinunter und pfiff nach Loden. Als er dann nicht mehr laufen konnte und keuchte und japste und Seitenstiche hatte, ging es ihm besser. Das war eine Wohltat gewesen. Er bückte sich, damit die Seitenstiche nachließen und er Loden in die Arme nehmen und sein Gesicht in dessen dickem, dunklem Fell vergraben konnte.

Als er wieder Luft bekam, richtete er sich auf und merkte erst jetzt, daß er die Mahnung seiner Mutter vergessen hatte und so Hals über Kopf ausgerückt war, daß ihn seine Füße unversehens durch die Pforte des großen Hauses und schon die halbe Auffahrt hochgetragen hatten. Einen Augenblick zögerte er, aber den ganzen Weg zurückzugehen und den Umweg über die Straße zu machen, das war ihm denn doch zu dumm. Außerdem war das Haus eben erst verkauft worden. Da war niemand zu Hause. Noch nicht.

Er irrte sich. Als er um die letzte Wegbiegung kam, sah er, daß vor dem Haus ein Auto stand. Die Haustür stand offen, und ein hochgewachsener Mann und ein Hund traten gerade aus der Tür. So ein Pech aber auch! Miss Pritchett hatte keinen Hund gehabt, daher betrachtete Loden den Garten als sein Revier.

Loden knurrte dumpf in der Kehle, doch der andere Hund kam schon auf sie zugesprungen, ein freundlich aussehender Labrador, der spielen wollte.

Loden knurrte noch einmal. «Loden!» William riß an seinem Halsband. Das Knurren wurde zum Jaulen. Der Labrador kam näher, und die Hunde beschnupperten sich vorsichtig. Loden hechelte nicht mehr, sondern wedelte jetzt mit dem Schwanz. William ließ ihn vorsichtig los, und die beiden Hunde fingen an, sich zu balgen. Gott sei Dank, alles in Ordnung. Blieb nur noch der Besitzer des Labradors. William blickte auf. Der Mann kam auf ihn zu. Ein großer Mann, der einen sympathischen Eindruck machte, wettergegerbt, als verbrächte er viel Zeit im Freien. Der Wind fuhr ihm durch das ergrauende Haar. Er trug eine Brille und einen blauen Pullover und hatte einen Notizblock in der Hand.

William sagte: «Guten Morgen.»

Der Mann blickte auf seine Armbanduhr. «Eher guten Mittag. Halb zwei. Was tust du hier?»

«Ich führe meinen Hund aus, zum Dorfplatz und dann den Hügel da hoch. Als Miss Pritchett noch lebte, bin ich immer diesen Weg gegangen.» Und er holte weiter aus. «Ich wohne im Pförtnerhaus, an der Toreinfahrt.»

«Wie heißt du?»

«William Radlett. Ich habe heute morgen in der Zeitung gelesen, daß der Besitz hier verkauft ist, aber ich wußte nicht, daß schon jemand zu Hause ist.»

«Ich seh mich auch bloß um», sagte der Mann. «Messe ein bißchen aus. Ich heiße Geoffrey Wray.»

«Ach, dann sind Sie...?» Er merkte, daß er rot wurde. «Aber Sie...» Beinahe wäre ihm herausgerutscht, ‹Sie sehen gar nicht aus wie eine Rechenmaschine›. «Hier ist jetzt wohl ‹Betreten verboten›», murmelte er.

«Wieso denn?» sagte Mr. Wray. «Ich wohne ja noch nicht hier. Und wie schon gesagt, messe ich nur ein wenig aus.» Er drehte sich um und betrachtete die schäbige Fassade. Und auch William bemerkte zum erstenmal das morsche Gitterwerk, das den Balkon stützte, die abgeplatzte Farbe und die herabhängende Dachrinne.

Er sagte: «Da muß man wohl eine Menge Arbeit reinstekken. Es ist ein bißchen altmodisch.»

«Ja, aber ganz reizend. Und das meiste kann ich selber machen. So was braucht seine Zeit, aber das macht ja gerade Spaß.» Die beiden Hunde kamen inzwischen gut miteinander aus, jagten um die Rhododendronbüsche, wollten Kaninchen aufstöbern. «Die haben sich schon angefreundet», meinte Mr. Wray. «Wie steht's mit dir? Ich wollte gerade picknicken. Möchtest du mir dabei Gesellschaft leisten?»

William fiel ein, daß er den Kartoffelauflauf nicht gegessen hatte und daß er hungrig war wie ein Wolf. «Haben Sie denn genug?»

«Ich denke schon. Sehen wir doch mal nach.»

Er holte einen Korb vom Rücksitz seines Autos und trug ihn zu der schmiedeeisernen Gartenbank, die vor der Haustür stand. Hier, in der Sonne und windgeschützt, war es richtig warm. William bekam ein Schinkensandwich.

«Früchtekuchen ist auch noch da. Meine Mutter backt leckeren Kuchen.»

«Wohnen Sie bei ihr?»

«Im Augenblick, ja. Bis ich hier einziehe.»

«Wollen Sie hier etwa allein leben?»

«Ich bin nicht verheiratet, falls du das meinst.»

«Meine Mutter dachte, Sie haben vielleicht eine Frau und Kinder, mit denen wir uns anfreunden können.»

Er lächelte. «Wer ist wir?»

«Miranda und ich. Sie ist fast sieben.»

«Und wo ist sie heute?»

«Sie und meine Mutter essen auswärts.»

«Arbeitet dein Vater in der Stadt?»

«Ich hab keinen Vater mehr. Er ist vor ungefähr einem Jahr gestorben.»

«Das tut mir aber leid.» Es hörte sich nach echtem Mitgefühl an, aber Gott sei Dank genierte es ihn überhaupt nicht, daß William sich ihm anvertraute. «Ich habe meinen Vater verloren, als ich ungefähr so alt war wie du. Danach ist nichts mehr wie früher, nicht wahr?»

«Nein, alles ist anders.»

«Wie wär's mit Schokokeksen?» Er hielt ihm die Packung hin. William nahm einen, blickte auf und Mr. Wray direkt in die Augen, und auf einmal lächelte er, er wußte auch nicht wieso, außer daß er sich erleichtert und wohl fühlte und – nicht zuletzt – auch nicht mehr hungrig.

Nachdem sie gegessen hatten, gingen sie hinein und erkundeten das Haus. Ganz ohne Möbel, so kühl, muffig und etwas feucht, hätte es einem eigentlich aufs Gemüt schlagen müssen, doch das tat es nicht. Ganz im Gegenteil, er fand es ziemlich aufregend und schmeichelhaft, daß er bei den Umbauplänen mitreden durfte wie ein Erwachsener.

«Diese Wand nehme ich, glaube ich, heraus und mache eine große, offene Küche daraus. Hier kommt der Herd hin, und die ganze Ecke da wird mit Holz getäfelt.»

Mr. Wrays Begeisterung vertrieb sogar die Düsternis der Küche, die nach Kälte und Mäusen roch.

«Und die alte Spülküche hier, daraus mache ich eine Werkstatt mit einer Werkbank hier unter dem Fenster und viel Platz, wo ich Werkzeuge aufhängen und Sachen aufbewahren kann.»

«Mein Vater hat auch eine Werkstatt gehabt, aber im Garten, im Schuppen.»

«In der arbeitest du jetzt wohl.»

«Nein, ich habe zwei linke Hände.»

«Es ist erstaunlich, was man alles kann, wenn man nur muß.»

«Schön wär's», platzte William heraus und biß sich auf die Zunge.

«Was wäre schön?» hakte Mr. Wray behutsam nach.

«Wenn ich etwas machen könnte, weil ich muß. Aber ich kann es nicht. Es ist zu schwierig.»

«Was wolltest du denn machen?»

«Ein Puppenhaus basteln. Für meine Schwester zum Geburtstag.»

«Und was klappt nicht?»

«Alles. Ich sitze fest. Die Treppe paßt nicht rein, und wie man die Fensterrahmen zusammenbaut, das kapiere ich nie.»

«Hoffentlich nimmst du mir die Frage nicht übel», sagte Mr. Wray höflich, «aber wenn Werken mit Holz nicht deine starke Seite ist, warum hast du dich darauf eingelassen?»

«Weil mein Vater Miranda ein Puppenhaus versprochen hat und die gekauften zu teuer sind. Blöd von mir, aber ich hab mir echt eingebildet, ich schaffe es», erklärte er. «Und zwanzig Pfund hat es auch gekostet.»

«Könnte dir deine Mutter nicht helfen?»

«Es soll doch eine Überraschung sein.»

«Hast du niemand, den du fragen kannst?»

«Eigentlich nicht.»

Mr. Wray drehte sich um und lehnte sich mit verschränkten Armen an den alten Ausguß. «Wie wär's mit mir?» fragte er.

William blickte zu ihm hoch und krauste die Stirn. «Sie würden mir helfen?»

«Warum nicht?»

«Heute nachmittag? Jetzt?»

«Jederzeit.»

William war ihm ja so dankbar. «Ehrlich, das würden Sie tun? Es dauert auch nicht lange. Nicht mehr als eine halbe Stunde.»

Es dauerte dann doch um einiges länger als eine halbe Stunde. Die Anleitung mußte sorgfältig gelesen, die kleine Treppe abgeschmirgelt und eingepaßt werden. Dann breitete Mr. Wray alle Holzteilchen auf einem Stück Zeitungspapier aus, so wie sie zusammengehörten, legte daraus fünf kleine Fensterrahmen, die nun geleimt werden konnten.

«Als erstes nimmst du das Glas und schiebst die Rahmen um das Glas zusammen, dann kann nichts mehr verrutschen. Genau wie bei einem richtigen Fenster.»

«Aha.»

Wie alles, was man erklärt bekommt, war auch das hier furchtbar einfach.

Sie arbeiteten friedlich vor sich hin, und William war so vertieft, so andächtig bei der Sache, daß er nicht hörte, wie ein Auto die Straße entlangkam und vor der Pforte hielt. Erst als die Haustür aufgestoßen wurde und seine Mutter nach ihm rief, merkte er, daß die Familie zurück war.

«William!»

Er sah auf seine Uhr und staunte; schon fast fünf.

Er sprang auf. «Das ist meine Mutter.»

Mr. Wray lächelte. «Dachte ich mir.»

«Wir gehen besser runter. Und, Mr. Wray, nichts verraten.»

«Ehrenwort.»

«Und danke, daß Sie mir geholfen haben.»

Er trat auf den Flur und beugte sich über das Geländer. Unten in der Diele standen seine Mutter und seine Schwester und blickten zu ihm hoch. Seine Mutter hatte einen dicken Strauß Osterglocken im Arm, der in blaues Seidenpapier eingewickelt war, und Miranda hielt eine neue Puppe umklammert.

«War's schön?» fragte er.

«Herrlich. William, draußen steht ein Auto mit einem Hund drin.»

«Das gehört Mr. Wray. Er ist hier.» Er drehte sich um, und da trat Geoffrey Wray aus dem Zimmer, machte die Tür hinter sich zu und stellte sich zu William. «Du weißt doch», sagte William, «der das große Haus gekauft hat.»

Seine Mutter lächelte ein wenig verkniffen und musterte etwas erstaunt den hochgewachsenen Fremden, der wie aus dem Boden gewachsen schien. Hastig füllte William das entstandene Schweigen mit Erklärungen. «Wir haben uns heute nachmittag kennengelernt, und er ist mit mir nach Hause gekommen und hat mir bei... na ja, bei etwas geholfen.»

«Ach...» Sie bemühte sich sichtlich um Fassung. «Furchtbar nett von Ihnen, Mr. Wray.»

«Überhaupt nicht, es war mir ein Vergnügen», sagte er mit seiner tiefen Stimme, ging die Treppe hinunter und auf sie zu. «Schließlich sind wir demnächst Nachbarn.» Er hatte die Hand ausgestreckt.

«Ja. Ja, natürlich.» Sie war immer noch verwirrt, fummelte mit den Osterglocken herum, schob sie vom rechten in den linken Arm und ergriff die dargebotene Hand.

«Und das dürfte Miranda sein?»

«Arnold hat mir eine neue Puppe gekauft», erzählte ihm Miranda. «Sie heißt Priscilla.»

«Aber...» Williams Mutter hatte die Situation noch immer nicht ganz im Griff. «Wie haben Sie William kennengelernt?»

Ehe Mr. Wray darauf antworten konnte, erklärte ihr William schon alles. «Ich hab vergessen, daß wir nicht durch den

Garten gehen sollen, und Mr. Wray war da. Wir haben sein Picknick aufgegessen.»

«Und was ist mit dem Kartoffelauflauf?»

«Den hab ich auch vergessen.»

Das brach aus unerfindlichen Gründen das Eis, und auf einmal lächelten alle.

«Und habt ihr Tee gehabt?» fragte seine Mutter. «Nein? Wir hatten auch noch keinen, und mir ist sehr nach einem Täßchen. Kommen Sie doch ins Wohnzimmer, Mr. Wray, ich setze inzwischen das Wasser auf.»

«Laß nur», sagte William und kam die Treppe heruntergelaufen. «Ich mach das schon.»

In der Küche deckte er ein Tablett, trieb ein paar Kekse auf und füllte den Wasserkessel. Während er wartete, daß das Wasser kochte, ließ er recht befriedigt die Ereignisse des Tages an sich vorbeiziehen. Das Problem mit dem Puppenhaus war jetzt gelöst; er wußte, was er machen mußte, und würde es fertig bekommen. Und bald würde auch Mr. Wray das große Haus beziehen, und er war keine Rechenmaschine auf Beinen, wie William befürchtet hatte, sondern der netteste Mensch, den er seit Jahren kennengelernt hatte. Jede Wette, daß er ihnen erlauben würde, durch den Garten zu gehen wie zu Miss Pritchetts Zeiten.

Und deswegen sah das Leben rosig aus wie schon lange nicht mehr. Das Wasser kochte, er goß es in die Teekanne, stellte sie aufs Tablett und ging damit ins Wohnzimmer. Aus dem Hinterzimmer konnte man hören, daß Miranda fernsah, und aus dem Wohnzimmer kam beruhigendes Stimmengemurmel.

«Wann wollen Sie einziehen?»

«So bald wie möglich.»

«Da haben Sie noch eine Menge Arbeit vor sich.»

«Ich habe auch eine Menge Zeit. Alle Zeit der Welt.»

Er stieß die Tür mit dem Fuß auf. Abendsonnenschein strömte ins Zimmer, und in der Luft lag etwas, das man fast mit Händen greifen konnte. Freundschaft, vielleicht. Wohlbehagen. Aber auch etwas Erregendes.

Alle Zeit der Welt.

Sie standen am Kamin, halb dem gerade angezündeten Feuer zugewandt, aber er konnte das Gesicht seiner Mutter in dem Spiegel über dem Kaminsims sehen. Plötzlich lachte sie auf, keine Ahnung worüber, und warf ihr schönes rotes Haar zurück, und sie strahlte dabei etwas aus... das vertraute Leuchten, das er seit dem Tod seines Vaters nicht mehr gesehen hatte.

Die Phantasie ging mit ihm durch wie ein scheuendes Pferd, doch er zügelte sie und gebot ihr Einhalt. Es tat nicht gut, Pläne zu schmieden. Das alles brauchte seine Zeit.

«Der Tee ist fertig», sagte er und setzte das Tablett ab. Als er sich aufrichtete, bemerkte er die Osterglocken, die immer noch auf dem Sitzplatz am Fenster lagen, wo seine Mutter sie abgelegt hatte. Das Seidenpapier war zerknüllt, und die zarten Blütenblätter welkten schon. William mußte an Arnold denken, und er tat ihm in tiefster Seele leid.

Lalla

Es gab ein Vorher und ein Nachher. Vorher, das war, bevor unser Vater starb, als wir noch in London wohnten, in einem hohen, schmalen Haus mit einem kleinen Garten dahinter; als die ganze Familie jeden Winter zum Skilaufen fuhr und wir Kinder sehr gute – und wahrscheinlich sündhaft teure – Schulen besuchten. Vorher, das bedeutete Ballettstunden, Theaterbesuche und Konzerte im Regent Park.

Unser Vater war ein großer, geselliger und ungemein lebhafter Mann. Wir haben ihn für unsterblich gehalten. Schlimm war nur, daß Mama ihn ebenfalls für unsterblich gehalten hatte, und als er dann auf dem Bürgersteig zwischen dem Versicherungsbüro, in dem er arbeitete, und dem Firmenwagen, in den er gerade einsteigen wollte, einfach umfiel und tot war, wußten wir zunächst weder aus noch ein. Verwaist, verunsichert und wie verloren, hatten wir keine Ahnung, was wir tun sollten. Aber nach der Beerdigung und nach einem Gespräch mit dem Anwalt der Familie raffte Mama sich in aller Stille zu einem Entschluß auf.

Zuerst waren wir entsetzt. «London verlassen? Die Schule verlassen?» Lalla konnte es nicht glauben. «Aber ich mache doch nächstes Jahr meine mittlere Reife.»

«Es gibt ja noch andere Schulen», erklärte Mama.

«Und was wird aus Janes Klavierstunden?»

«Wir werden einen anderen Lehrer finden.»

«Ich habe nichts dagegen, wenn ich von der Schule muß», sagte Barney. «Ich mag meine Schule sowieso nicht besonders.»

Mama lächelte ihm zu, doch Lalla fragte hartnäckig weiter. «Wo sollen wir denn wohnen?»

«Wir ziehen nach Cornwall.»

«Cornwall!» Bei Lalla hörte es sich an, als verschlüge es uns auf den Mond. «Warum um alles in der Welt nach *Cornwall*?»

«Wenn wir schon aus diesem Haus und aus London rausmüssen», erklärte Mama, «und das müssen wir, weil wir einfach nicht genug Geld haben, um hierzubleiben, dann können wir uns auch irgendwo ansiedeln, wo es wenigstens hübsch ist. Ich habe ein kleines Haus gefunden, das wir mieten können. Es ist das ehemalige Pförtnerhaus eines größeren Anwesens in einem Dorf, das Carwheal heißt. Es liegt am Meer, und es gibt in der Gegend gute Schulen. Wir müssen eben das Beste daraus machen.»

«Aber wir kennen dort niemanden.»

«Wir werden neue Freunde finden. Und unsere Londoner Freunde werden uns im Sommer vielleicht besuchen kommen. Ihr könnt dort fischen und schwimmen und surfen.»

«Und was tun wir im Winter?» wollte Lalla wissen. «Heißt das, daß wir nie mehr in unser geliebtes Val d'Isère fahren können?»

«Vielleicht doch, irgendwann», sagte Mama, «wenn wir alle unser Glück gemacht haben.»

Ich ertrug es nicht, sie von Glück reden zu hören, während ich wußte, daß sie vor Schmerz noch wie betäubt war. Deshalb nahm ich sie in die Arme und behauptete: «Ich mache bestimmt mein Glück. Ich werde Konzertpianistin und verkaufe Tausende von Schallplatten.»

«Wenn nicht, ist es auch nicht schlimm», beteuerte Mama. «Hautpsache, wir sind zusammen.»

Und so begann das Nachher. Mama verkaufte das Pachtrecht an dem Haus in London, dann rückten die Männer einer Spedition an und luden unsere Möbel ein, während wir, jeder in seine Gedanken versunken, mit dem Auto nach Cornwall fuhren. Es war Frühling, und weil Mama unterschätzt hatte, wie lange die Fahrt dauern würde, war es bereits dunkel, als wir den Ort und endlich auch das Haus fanden. Es stand gleich hinter einem großen, zweiflügeligen Gartentor, vor riesigen Bäumen, und als wir steif und müde aus dem Auto stiegen, konnten wir das Meer riechen, und ein kalter Wind rüttelte an den Zweigen hoch über uns.

«Da brennt ja Licht im Fenster», stellte Lalla fest.

«Das wird Mrs. Bristow sein», meinte Mama, und ich wußte, daß sie sich große Mühe gab, damit ihre Stimme heiter klang. Sie ging an die Tür und klopfte, und dann, als ihr vielleicht klar wurde, daß es lächerlich war, an der eigenen Tür zu klopfen, öffnete sie sie. Wir sahen jemanden durch den schmalen Flur auf uns zukommen – eine dicke, geschäftige Frau mit grauem Haar und einer grell geblümten Kittelschürze. Der Makler hatte sie hergeschickt, um die Heißwasseranlage in Gang zu setzen. In den folgenden Tagen lernten wir sie näher kennen, und schon bald hatten wir sie auch sehr gern, doch an jenem Abend war sie uns so fremd und unbekannt wie alles andere auch.

«Ach, du meine Güte», rief sie aus, «muß das eine anstrengende Fahrt gewesen sein! Was kann ich denn für Sie tun? Ein Kessel Wasser ist schon warm gestellt, und im Backofen steht eine Pastete.» Über Mamas Schulter hinweg entdeckte sie uns drei Kinder, wie wir da im Dunkeln standen und sie neugierig betrachteten. «Na, ihr Lieben, kommt doch herein, es ist ja so kalt draußen.»

Diese Nacht brachten wir auf dem blanken Fußboden zu, nur in Schlafsäcke gehüllt, die wir noch von einem früheren Campingurlaub hatten. Doch am nächsten Tag traf der Möbelwagen ein, und wir machten uns alle an die Arbeit. Verglichen mit dem Haus, in dem wir in London gewohnt hatten, war dieses winzig, aber jeder von uns hatte ein eigenes Zimmer, und es gab einen Speicher für die Puppenstube, die Bücher, Bauklötze, Modellautos und Malkästen, von denen wir uns nicht hatten trennen wollen. Außerdem stand neben der Garage ein baufälliger Schuppen, in dem wir unsere Fahrräder unterstellen konnten. Der Garten war sogar noch kleiner als der in London, das störte uns aber nicht, weil wir ja jetzt auf dem Land lebten und unserem neuen Revier keine Grenzen gesetzt waren.

Wir erkundeten die Gegend. Wir fanden einen Weg, der durch ein Waldstück zu einer ausgedehnten Flußmündung führte, in der man von einem alten Deich aus Flundern fischen konnte. In der anderen Richtung gelangte man über einen schmalen, sandigen Pfad an der Kirche vorbei, über den Golfplatz und durch die Dünen zu einem Strand – einem breiten, unverbauten Küstenstreifen, an dem sich das Meer bei Ebbe eine halbe Meile oder noch weiter zurückzog, so daß die Wellen weit draußen am blauen Horizont schäumend im Sand ausliefen.

«Ihr müßt vorsichtig sein», erklärte uns Mrs. Bristow, «wenn die Zeit kommt, in der ihr schwimmen gehen könnt. Dieser Strand ist nicht ungefährlich, aber nur bei Ebbe. Wenn das Wasser steigt, könnt ihr immer baden, doch sobald die Ebbe einsetzt, gibt es Strömungen, die euch glatt umschmeißen und hinausziehen.»

Sie war gerade dabei, Safranplätzchen zu backen, und wir hingen alle in der Küche herum und warteten darauf, daß sie aus dem Backofen kamen.

«Woran merken wir, ob das Wasser noch steigt oder schon fällt?» wollte Barney wissen.

«Ihr müßt euch nach jemandem umsehen, der mit euch an den Strand runtergeht und es euch erklärt. Laßt es euch zeigen, dann wißt ihr Bescheid. Die Jungs werden euch sicher mitnehmen.»

«Welche Jungs?»

«Die Royston-Jungs.»

Die Roystons bewohnten das große Herrenhaus, und ihnen gehörte auch das Pförtnerhäuschen. Bisher hatte sie noch keiner von uns zu Gesicht bekommen, obwohl Mama bereits mit etwas bangen Gefühlen über die lange Auffahrt gepilgert war, um Mrs. Royston kennenzulernen und sich bei ihr dafür zu bedanken, daß sie uns als Mieter aufgenommen hatten. Aber Mrs. Royston war nicht zu Hause gewesen, und unsere arme Mama hatte unverrichteterdinge zurückkehren müssen.

«Wie alt sind die Jungs?» fragte Barney.

«Ich glaube, David ist dreizehn und Paul ungefähr elf.» Mrs. Bristow schaute uns an. «Ich weiß gar nicht, wie alt ihr eigentlich seid.»

«Ich bin sieben», sagte Barney, «und Jane ist zwölf und Lalla vierzehn.»

«Schön», meinte Mrs. Bristow. «Das trifft sich ja gut. Da paßt ihr prima zusammen.»

«Sie sind viel zu jung für uns», behauptete Lalla. «Immerhin hab ich sie schon gesehen. Ich habe für Mama Wäsche aufgehängt, und da sind sie auf ihren Fahrrädern die Auffahrt heruntergekommen und zum Tor hinausgeradelt. Sie haben nicht einmal einen Blick in meine Richtung geworfen.»

«Ach, komm», sagte Mrs. Bristow. «Wahrscheinlich sind sie genauso schüchtern wie ihr.»

«Wir legen keinen besonderen Wert darauf, ihre Bekanntschaft zu machen», erklärte Lalla.

«Aber ...», setzte ich an und hielt dann inne. Anstatt etwas zu sagen, griff ich nach einem Rührlöffel und leckte den rohen Safranteig ab, der noch dran klebte. Ich war nicht so wie Lalla. Ich schloß gern Freundschaften und hätte es nett gefunden, die Royston-Jungs kennenzulernen. Sie hatten einen eigenen Tennisplatz. Den hatte ich schon mal zwischen den Bäumen durchschimmern gesehen. Ich hätte nichts dagegen gehabt, wenn sie mich eingeladen hätten, mit ihnen Tennis zu spielen. Mich störte es auch nicht, daß sie noch so jung waren. Doch für Lalla war das natürlich etwas anderes. Vierzehn ist ein komisches Alter, nicht Fisch und nicht Fleisch. Und so wie Lalla aussah ... Manchmal dachte ich, wenn ich sie nicht so gern hätte und sie nicht meine Schwester wäre, könnte ich sie eigentlich überhaupt nicht ausstehen, weil sie so langes, weizenblondes Haar, eine wohlgeformte Nase, unglaublich blaue Augen und einen so sanft geschwungenen Mund hatte. Während der letzten sechs Monate schien sie mindestens fünfzehn Zentimeter gewachsen zu sein. Ihre schlanken Beine sahen in den Bluejeans endlos lang aus, und erst vor kurzem war Mama mit ihr einkaufen gegangen und hatte ihr drei weiße, mit Spitzen besetzte Büstenhalter besorgt. Ich war dagegen klein und kantig, brauchte keinerlei Büstenhalter, und mein braunes, krauses Haar war entsetzlich struppig. Das Schlimme daran war, daß Lalla meiner Erinnerung nach nie so ausgesehen hatte wie ich, weshalb kaum zu erwarten war, daß ich jemals so aussehen würde wie sie. Das liegt an den Genen, hat mir mein Vater erklärt, als ich mich eines Tages ihm anvertraute, und dann hat er noch gesagt, er mag mich so, wie ich bin, doch das war mir jetzt nur ein schwacher Trost, weil er ja nicht mehr da war und mir nicht mehr sagen konnte, daß er mich gern hat. Beim Gedanken an ihn saß mir ein Kloß im Hals. Ich legte den Rührlöffel weg und schaute Mrs. Bristow an. Vielleicht hatte sie bemerkt, daß mir die Tränen in die Augen stiegen, denn sie wurde mit einemmal sehr betriebsam, nahm ein Geschirrtuch vom Haken und bat mich, die Safranplätzchen aus dem Backofen zu holen.

Ein paar Tage später kam Mama vom Einkaufen aus dem Dorf zurück und erzählte uns, sie habe beim Lebensmittelhändler Mrs. Royston getroffen und wir seien alle zum Tee eingeladen.

«Ich will nicht mitgehen», sagte Lalla.

«Warum nicht?» wollte Mama wissen.

«Diese Jungs sind mir zu grün. Nimm Jane und Barney mit.»

«Das wäre nicht sehr höflich.»

«Ich will da nicht hin.»

«Es ist doch nur zum Tee«, bat Mama inständig.

Ihr war anzusehen, wieviel ihr daran lag, so daß Lalla nachgab. Sie zuckte die Schultern, fügte sich seufzend in ihr Schicksal und sagte mit verschlossener Miene: «Na gut, meinetwegen.»

Wir gingen hin, und es wurde ein Reinfall. Die Jungs wollten mit uns ebensowenig zu tun haben wie Lalla mit ihnen. Meine Schwester benahm sich so kühl und unnahbar wie nur möglich, ich stieß meine Teetasse um, und meinem Bruder, der für gewöhnlich mit jedem plauderte, verschlug es angesichts der Überheblichkeit seiner Gastgeber die Sprache. Nach dem Tee blieb Lalla bei den Erwachsenen, doch Barney und ich sollten mit den Jungs hinausgehen. «Zeigt Jane und Barney euer Baumhaus», rief Mrs. Royston den beiden nach, als wir uns zur Tür hinaustrollten. Sie führten uns in den Garten und zeigten uns das Baumhaus. «Da ist es», sagten sie. Wir schauten hinauf, konnten jedoch nicht feststellen, wie man es erreichte.

«Wie kommt ihr da rauf?» fragte Barney.

«Über eine Strickleiter, aber die ist nichts für Babys und auch nichts für Mädchen.»

«Barney ist kein Baby mehr.»

«Trotzdem, es ist unser Klubhaus, und ihr seid keine Mitglieder.»

Wir fanden uns damit ab. Wortlos schielte Barney noch

einmal zu dem Baumhaus hinauf. Es war ein herrlicher Bau, stabil und geräumig, und das runde Gesicht meines Bruders wurde ganz sehnsüchtig.

«Wer hat das denn gebaut?» fragte er.

«Unser Cousin Godfrey. Er ist achtzehn. Der kann alles bauen.»

Dann tuschelten die beiden, verschwanden und ließen uns unter dem Baumhaus stehen, zu dem uns der Zutritt verwehrt war. Gleich danach tauchten sie mit ihren Fahrrädern wieder auf und kurvten auf dem Rasen herum, manchmal sogar freihändig, boten aber keinem von uns eine Probefahrt an. Wir standen wie angewurzelt da und ließen diese Schmach über uns ergehen, weil uns nichts einfiel, was wir sonst hätten tun können. Es war eine Erleichterung, als Mama uns rief und sagte, es sei an der Zeit, nach Hause zu gehen.

David und Paul waren unsere Feinde. Wir haßten sie, und als Mama eine Gegeneinladung vorschlug, stieß sie auf so entschiedenen Widerstand, daß sie den Mut verloren und gekniffen hat. «Vielleicht in den nächsten Ferien ...», murmelte sie kleinlaut. «Jetzt müßt ihr alle sowieso bald wieder in die Schule.»

Die Schule war ein weiteres Problem. Eine große Schule mit rauhem Klima, die Welten von den vornehmen Instituten trennten, die wir in London besucht hatten. Barney mochte sie, denn er genoß den Radau auf dem Schulhof und die Spiele im Freien in vollen Zügen. Für mich war es schon schwieriger, doch ich war nirgendwo besonders gut oder besonders schlecht, und deshalb gelang es mir, in beschaulicher

Anonymität unterzutauchen. Aber für Lalla war es der reinste Alptraum. Ihre Klassenkameradinnen zeigten ihr von Anfang an die kalte Schulter und machten sich über sie lustig, und je unfreundlicher sie behandelt wurde, um so mehr zog sie sich zurück und um so abweisender gab sie sich. Ihr Spitzname war Prinzessin, und das war nicht als Kompliment gemeint.

«Es liegt nur daran, daß du so hübsch bist», versuchte ich sie auf der Heimfahrt im Bus zu trösten. «Und daran, daß du in der Schule so gut bist und nicht ständig kicherst oder dich albern benimmst.» Ich suchte nach weiteren Argumenten, um sie aufzuheitern. «Sie sind eifersüchtig auf dich. Weil alle Jungen dir nachschauen und dich zum Bus begleiten wollen und so.»

«Eifersüchtig!» Ihre Stimme triefte vor Verachtung. «Wegen dieser pickelgesichtigen Rüpel?»

«Wenn du vielleicht manchmal ein bißchen lachen würdest. *Mit* ihnen. Verstehst du?»

«Sie sagen nichts, was mich zum Lachen reizt.»

«Du könntest doch so tun als ob.»

«Das tue ich bestimmt nicht.»

Sie wandte sich von mir ab und schaute aus dem Fenster. Ich seufzte und hielt den Mund. Wenn sie sich weder mit den Royston-Jungs noch mit den Mädchen in ihrer Klasse anfreundete, dann sah es nicht so aus, als ob sie sich überhaupt mit irgend jemandem anfreunden würde. Und wenn sie mit niemandem Freundschaft schloß, wie sollten Barney und ich das dann schaffen? Ich seufzte noch einmal und zog mein Geschichtsbuch aus der Tasche. Die Busfahrt dauerte eine halbe Stunde, in der ich auch einen Teil der Hausaufgaben

machen konnte, wenn Lalla doch nicht auf mich hören
wollte.

Als die Sommerferien anfingen, schien Mama vergessen zu haben, daß wir eigentlich die Royston-Jungs zu uns einladen müßten, und wir hüteten uns, sie daran zu erinnern. Ihre Namen wurden nie erwähnt. Wir sahen sie höchstens von weitem, wenn sie ins Dorf oder zum Strand hinunterradelten. Sonntags hatten sie am Nachmittag manchmal Gäste, mit denen sie Tennis spielten. Da konnten wir von unserem Garten aus ihre Stimmen hören, wenn sie sich gegenseitig anfeuerten oder über den Punktestand nicht einigen konnten. Ich wäre liebend gern dabeigewesen, während Lalla, in ein Buch vertieft, sich so benahm, als gäbe es die Roystons überhaupt nicht. Barney hatte inzwischen begonnen, im Garten zu arbeiten und mit gewohnter Zielstrebigkeit sein eigenes Gemüsebeet umzugraben. Er verkündete, er wollte Salat anbauen und verkaufen, was Mama damit kommentierte, daß er vielleicht derjenige sei, der uns zu Wohlstand verhalf.

Es war ein heißer Sommer, wie fürs Schwimmen gemacht. Lalla war aus ihrem alten Badeanzug herausgewachsen, deshalb nähte ihr Mama aus Baumwollresten einen Bikini. Er war hellblau, genau die richtige Farbe für ihre Sonnenbräune und ihre langen blonden Haare. Sie sah schön aus damit, und ich wünschte mir sehnlichst, so auszusehen wie sie. Nachdem wir herausgefunden hatten, wann Ebbe und wann Flut war, gingen wir fast jeden Tag an den Strand und sahen dort oft die Royston-Jungs, aber der Strand war so breit, daß wir uns nicht auf die Pelle rücken mußten, und wir vermieden es alle offensichtlich, einander zu nahe zu kommen.

Bis zu einem bestimmten Sonntag. Die Flut setzte an diesem Tag nachmittags ein, deshalb packte uns Mama einen Picknickkorb, und wir machten uns nach dem Mittagessen auf den Weg. Als wir am Strand eintrafen, beschloß Lalla, gleich ins Wasser zu gehen, aber Barney und ich wollten noch warten. Also zog sie ohne uns los, langbeinig und allein. Ihr rotes Handtuch flatterte wie eine Fahne hinter ihr her, und sie hatte sich die Haare zu einem Pferdeschwanz zusammengebunden, damit sie ihr beim Schwimmen nicht in die Augen hingen. Barney und ich nahmen unsere Spaten und begannen dort, wo die Ebbe im Sand flache Tümpel hinterlassen hatten, einen großen und komplizierten Hafen zu bauen. Vollauf damit beschäftigt, vergaßen wir die Zeit und merkten auch nicht, als ein Unbekannter auf uns zukam. Plötzlich fiel ein langer Schatten auf das glitzernde Wasser.

Ich schaute hoch und schirmte meine Augen gegen die Sonne ab. Der Unbekannte sagte «Hallo!» und ging neben uns in die Hocke. «Das ist ja ein toller Hafen! Jetzt müßtet ihr nur noch ein paar Schiffe haben, dann wäre es komplett. Ihr seid doch die Kinder, die im Pförtnerhaus wohnen, nicht wahr?»

«Und wer bist du?» fragte ich.

«Ich bin Godfrey Howard. Der Cousin der Roystons. Ich bin bei ihnen zu Besuch.»

Das löste Barneys Zunge sofort. «Hast du das Baumhaus gebaut?» platzte er heraus.

«Ja.»

«Wie hast du das denn gemacht?»

Godfrey fing an, es ihm zu erklären. Ich hörte zu und wunderte mich, wie jemand, der anscheinend so nett war, irgend etwas mit diesen abscheulichen Royston-Jungs zu tun haben konnte. Nicht, daß er besonders gut ausgesehen hätte. Er hatte bräunliches Haar, eine zu klobige Nase und trug eine Brille. Er war nicht einmal besonders groß, aber es lag etwas Warmes und Freundliches in seiner tiefen Stimme und in seinem Lächeln. Die ausgebleichten, abgeschnittenen Jeans, die er trug, waren voller Salzflecken, und an seinen nackten Beinen und den Schuhen klebte noch ein bißchen von dem Sand, auf dem er gelegen hatte.

«... seid ihr die Strickleiter hinaufgeklettert?»

Anstatt zu antworten, begann Barney wieder zu buddeln, und Godfrey blickte mich an. «Sie war nicht da», sagte ich. «Die beiden wollten uns nicht rauflassen. Sie haben uns erklärt, es sei ihr Klubhaus. Sie mögen uns nicht.»

«Sie glauben, daß ihr sie nicht mögt. Sie meinen, ihr kommt aus London und tut so vornehm.»

Das war eine Überraschung. «Vornehm? *Wir?*» fragte ich entrüstet. «Wir haben nie so getan, als wären wir vornehm.» Doch dann fiel mir ein, wie abweisend Lalla sich benommen hatte, ich erinnerte mich an ihre zusammengekniffenen Lippen, über die kein Lächeln gehuscht war. «Das heißt ... Lalla ist schon älter ... Bei ihr ist das etwas anderes.» Daß er darauf schwieg, war ermutigend. «Ich hätte gern mit ihnen Freundschaft geschlossen», gab ich zu.

Er zeigte Verständnis. «Manchmal ist das schwierig. Menschen sind scheu ...» Dann hielt er mitten im Satz inne und schaute hoch, direkt über meine Schulter. Ich drehte mich um, weil ich wissen wollte, was seine Aufmerksamkeit erweckt hatte, und sah Lalla über den Sand auf uns zukommen. Ihr Haar war wieder offen und lag wie nasse Seide auf ihren Schultern. Das rote Handtuch hatte sie sich wie einen Sarong um die Hüften geknotet. Als sie näher kam, stand Godfrey auf. Ich machte sie miteinander bekannt, so wie Mama Leute miteinander bekannt machte: «Das ist Lalla. Das ist Godfrey.»

«Hallo, Lalla», sagte Godfrey.

«Er ist der Cousin der Roystons», fügte ich rasch hinzu. «Er ist bei ihnen zu Besuch.»

«Hallo», erwiderte Lalla.

Da sagte Godfrey: «David und Paul möchten gern Cricket spielen, aber nur zu dritt kann man nicht gut Cricket spielen. Wollt ihr nicht mitmachen?»

Das hing von Lalla ab. ‹Sie will bestimmt nicht Cricket spielen›, dachte ich. ‹Sie wird ihn abblitzen lassen, und dann laden sie uns nie wieder ein.›

Doch sie ließ ihn nicht abblitzen. Etwas unsicher antwortete sie: «Ich glaube nicht, daß ich besonders gut Cricket spiele.»

«Aber du könntest es doch versuchen, oder?»

«Ja.» Dann begann sie zu lächeln. «Versuchen könnte ich es vielleicht.»

Und so kamen wir schließlich zusammen. Wir spielten eine komische Art von Standcricket, die Godfrey sich ausgedacht hatte und bei der wir kräftig auf den Ball einschlagen und fürchterlich rennen mußten. Als es uns zu heiß wurde, um noch länger zu spielen, gingen wir gemeinsam schwimmen. Die Roystons hatten hölzerne Surfbretter, mit denen sie uns auch auf den Wellen reiten ließen. Abwechselnd legten wir uns bäuchlings darauf und schaukelten durch die warme Brandung der heranrollenden Flut. Gegen fünf bekamen wir Hunger, sammelten unsere verschiedenen Körbe und Rucksäcke ein und setzten uns im Kreis auf den Sand. Bei einem Picknick schmeckt einem das, was die anderen mithaben, immer besser als das Eigene, also aßen wir die Sandwiches und Schokoladenkekse der Roystons und sie aßen Mamas mit Brombeermarmelade gefüllte Scones.

Wir unterhielten uns über das Wellenreiten. «Zu meinem nächsten Geburtstag», erzählte David, «da wünsch ich mir ein leichtes Board aus Kunststoff und einen richtigen Surfanzug. Mit so einem Anzug kannst du das ganze Jahr surfen.»

«Meinst du, du kriegst es?» fragte Barney.

«Weiß ich nicht», sagte David. «Ich spare auf jeden Fall dafür. Ich habe mir gedacht, wenn ich einen Teil selber bezahle, legen meine Eltern vielleicht den Rest drauf.»

Erstaunliche Vorstellung, daß einer der Royston-Jungs es nötig hatte, für etwas, das er haben wollte, zu sparen, so wie wir das jetzt auch mußten, und mir wurde klar, solange man Leute nicht näher kennt, kann man sie nicht verstehen und nicht anfangen, sie gern zu haben.

«Wenn ich das Baumhaus hätte», sagte Barney, «ich glaube, dann würde ich nie mehr noch was andres haben wollen.»

Wir lachten alle, und Paul erklärte: «Du mußt morgen rüberkommen, dann zeige ich dir, wie's funktioniert. Das mit der Strickleiter. Komm so gegen zehn, dann können wir den ganzen Vormittag spielen.»

Allmählich sank die Sonne und leuchtete wie Messing. Der

Himmel verfärbte sich dunkelblau; lange Schatten lagen wie Schrammen auf dem Dünensand. Wir gingen noch ein letztes Mal schwimmen, bevor die Ebbe einsetzte, dann packten wir unsere Sachen zusammen und machten uns gemeinsam auf den Heimweg. Barney und die zwei Royston-Jungs stapften voraus und schmiedeten Pläne für den nächsten Tag. Ich trottete mit Godfrey und Lalla hinterher. Doch nach und nach fielen die beiden wie selbstverständlich zurück. Während ich mich müde über den federnden Rasen des Golfplatzes schleppte, lauschte ich ihren Stimmen.

«Lebst du gern hier?»

«Es ist anders als in London.»

«Da hast du vorher gewohnt, nicht wahr?»

«Ja, aber mein Vater starb, und wir konnten es uns nicht mehr leisten, dort zu bleiben.»

«Tut mir leid, das habe ich nicht gewußt. Ich beneide dich natürlich darum, daß du hier leben kannst. Ich bin lieber in Carwheal als sonstwo auf der Welt.»

«Und wo lebst du?»

«In Bristol.»

«Gehst du dort zur Schule?»

«Ich bin mit der Schule fertig. Im September fange ich mit dem College an. Ich will Tierarzt werden.»

«Tierarzt?» Lalla überlegte. «Ich bin noch nie einem Tierarzt begegnet.»

Godfrey lachte. «Jetzt bist du eigentlich auch noch keinem begegnet.»

Ich lächelte zufrieden in mich hinein. Sie hörten sich wie zwei Erwachsene an. Vielleicht war ein erwachsener Freund alles, was Lalla gebraucht hatte. Mir kam es so vor, als hätten wir die nächste Wasserscheide überschritten. Nach diesem Tag würde alles anders werden.

Die Roystons waren jetzt unsere Freunde. Unsere erleichterten Mütter – denn auch Mrs. Royston hatte sich angesichts unserer unerbittlichen Feindschaft ebenso betroffen und schuldbewußt gefühlt wie Mama – nutzten den Waffenstillstand, und nach diesem Sonntag gingen die Roystons bei uns und wir bei ihnen ein und aus. Durch sie lernten wir eine Menge Leute kennen, und Mama mußte uns plötzlich kreuz und quer durch die ganze Grafschaft zu verschiedenen Strandpicknicks, Grillfesten, Segeltouren und Teenagerpartys fahren. Ende des Sommers gehörten wir dazu. Wir hatten uns eingelebt. Carwheal war unser Zuhause geworden.

Und Lalla wurde langsam erwachsen. In der Schule kam sie jetzt besser zurecht, und sie fühlte sich viel zufriedener. Sie wurde fünfzehn; sie wurde sechzehn. Das Telefon klingelte ununterbrochen, und es war immer ein liebeskranker Jüngling dran, der Lalla sprechen wollte. Doch sie war an keinem interessiert. Höflich ging sie jeder Beziehung aus dem Weg.

«Liebling, du benimmst dich unmöglich», sagte ihr Mama immer wieder, nur, Lalla kümmerte das nicht. «Ich will nicht mit irgendeinem Jungen ausgehen, den ich nicht mag.»

«Aber seine Mutter hält dich bestimmt für ungezogen.»

«Ich bin nicht ungezogen. Ich habe ‹nein danke› gesagt.»

«Na schön ... dann eben für kurz angebunden.»

«Besser kurz angebunden, als ihnen etwas vorzulügen.»

Sie und Godfrey schrieben einander. Ich wußte es, weil ich seine Briefe immer auf dem Tisch in der Diele liegen sah. Sie nahm sie für gewöhnlich mit nach oben, um sie ungestört in ihrem Zimmer zu lesen, und wir achteten alle die Privatsphäre des anderen zu sehr, als daß wir diese Briefe jemals erwähnt hätten. Wenn er zu den Roystons nach Carwheal kam, was er jetzt in allen Ferien tat, schaute er immer gleich am ersten Morgen zuerst bei uns rein. Er behauptete zwar, er wollte uns alle wiedersehen, doch wir wußten, daß er wegen Lalla gekommen war.

Er besaß inzwischen einen zerbeulten Gebrauchtwagen. Ein weniger selbstloser Mann hätte wohl Lalla abgeholt und wäre mit ihr allein weggefahren, aber Godfrey war viel zu nett und packte immer unseren ganzen Klüngel in sein leidgeprüftes Auto, stopfte Proviant, Handtücher, Schnorchel und allerlei anderen Kram in den Kofferraum und gondelte mit uns meilenweit zu entfernten Buchten oder in die Berge.

Dennoch war er nur ein Mensch, und so trollten sich die beiden oft allein und schlenderten ohne uns davon. Wir schauten ihnen nach und ließen sie ziehen, denn wir wußten, in ein bis zwei Stunden würden sie wieder zurückkommen. Lalla mit einem Strauß Wildblumen oder mit ein paar Muscheln in der Hand, Godfrey sonnenverbrannt und mit zerzaustem Haar, und beide lächelten so zufrieden, daß wir das beruhigend fanden, auch wenn wir es nicht ganz verstanden.

Lalla war immer eine entschlossene, so selbstbewußte Persönlichkeit gewesen, die an einem einmal gewählten Kurs unbeirrt festhielt, daß wir aus allen Wolken fielen, als sie wankte und schwankte und sich nicht entscheiden konnte, wie sie ihr weiteres Leben gestalten sollte. Sie war mittlerweile beinahe achtzehn, hatte die Abschlußprüfungen hinter sich, und ihre

Zukunft lag vor ihr wie ein neues Land, das man vom Gipfel eines mühsam erklommenen Berges betrachtet.

Mama wollte, daß sie an die Universität ging, doch Lalla sagte: «Woher weißt du denn, daß ich überhaupt zugelassen werde?»

«Du wirst problemlos zugelassen. Bei deinem Zeugnis.»

«Ist das nicht eher eine Zeitverschwendung, wenn ich nicht weiß, was ich nachher mache? Wie soll ich mich denn jetzt schon darauf festlegen, was ich für den Rest meines Lebens machen will? Das ist unmenschlich. Unmöglich.»

«Aber, Liebling, was möchtest du denn machen?»

«Das weiß ich nicht. Reisen wahrscheinlich.»

«Du bist doch noch viel zu jung, du kannst nicht einfach losziehen und auf einem Kamel durch Indien reiten.»

«Wer hat denn was von Kamel gesagt?»

«Na, du weißt schon, was ich meine.»

«Ich könnte natürlich umwerfend originell sein und einen Schreibmaschinenkurs belegen.»

«Das würde dir wenigstens ein bißchen Zeit verschaffen, um in Ruhe darüber nachzudenken.»

Dieses Gespräch fand beim Frühstück statt. Vielleicht wäre es noch endlos weitergegangen, wenn nicht plötzlich der Briefträger gekommen wäre. Wie üblich brachte er einen Packen langweilige Post, aber auch einen großen, quadratischen Umschlag für Lalla. Sie öffnete ihn lustlos, las die gedruckte Karte, die er enthielt, und schnitt eine Grimasse. «O Gott, wie vornehm! Eine richtige Einladung zu einem richtigen Ball.»

«Wie nett», sagte Mama, während sie versuchte, die Fleischerrechnung zu entziffern. «Von wem?»

«Von Mrs. Menheniot.»

Augenblicklich waren wir alle wie aus dem Häuschen, grapschten die Einladung und weideten uns an ihr. Einmal waren wir bei Mrs. Menheniot zum Lunch gewesen. Sie lebte mit Mr. Menheniot und einer ganzen Schar von Menheniot-Sprößlingen in einem wunderschönen Haus am Fal. Aus nicht näher bekannten Gründen waren sie sehr reich. Das Haus war weiß und riesengroß, hatte einen von Säulen getragenen Vorbau, und der Rasen reichte bis zu den Prielen der Flußmündung hinunter.

«Gehst du hin?» fragte ich.

Lalla zuckte die Schultern. «Weiß ich nicht.»

«Es ist im August. Vielleicht ist Godfrey dann da und du kannst mit ihm hingehen.»

«In diesem Sommer kommt er nicht her. Er hat einen Job gefunden und muß Geld verdienen, damit er sein Studium am College finanzieren kann.»

«Wer hat dir das erzählt?»

«Er», sagte Lalla, stand auf, ließ die Einladung zwischen Toastkrümeln und leeren Kaffeetassen auf dem Tisch liegen und rauschte hinaus, um eine Ladung Kleider in die Waschmaschine zu stopfen.

Sie konnte sich partout nicht entscheiden, ob sie zu Mrs. Menheniots Ball gehen würde oder nicht, und wahrscheinlich wäre sie nie zu einem Entschluß gelangt, wenn man nicht kurz danach auch mich eingeladen hätte. Ich war wirklich noch zu jung dafür, wie Mrs. Menheniot mit dröhnender Stimme am Telefon betonte, als sie Mama anrief, aber sie hatten zuwenig Mädchen, und es wäre ein wahrer Segen, wenn ich dabeisein könnte, um die Zahl aufzustocken. Als Lalla hörte, daß man mich auch dazugebeten hatte, erklärte sie, wir würden selbstverständlich hingehen. Sie hatte inzwischen den Führerschein gemacht, und wir wollten uns Mamas Auto leihen.

Dann standen wir vor dem Problem, was wir anziehen sollten, da Mama sich nicht im entferntesten leisten konnte, uns die Abendkleider zu kaufen, die wir gern gehabt hätten. Schließlich ließ sie sich von Liberty's in London meterweise Stoff kommen und zauberte uns die Pracht selbst auf ihrer Nähmaschine. Lallas Kleid war aus hellblauem Batist, und sie sah in ihm himmlisch aus – vielleicht ein bißchen wie die Jagdgöttin Diana. Meins hatte einen dunklen Goldton, und ich war in ihm durchaus vorzeigbar, aber natürlich mit Lalla nicht zu vergleichen, obwohl ich mittlerweile ein paar Zentimeter gewachsen war und es auch zu einer annehmbaren Taille gebracht hatte. Barney fand, wir sähen beide hinreißend aus, und sagte uns das auch. An dem Abend, an dem der Ball stattfand, zogen wir unsere Kleider an und machten uns, vor Aufregung kichernd, in Mamas Mini auf den Weg. Sobald wir vor dem Haus der Menheniots eintrafen, verging uns allerdings das Kichern, denn die ganze Sache war so eindrucksvoll, daß einem angst und bange werden konnte. Scheinwerfer beleuchteten die Parkplätze, und Dutzende piekfeiner Leute strömten dem Eingang zu. Drinnen war es noch atemberaubender. Riesige Blumengebinde, die bis an die Decke reichten, weißbefrackte Kellner, die Tabletts mit Champagnergläsern herumtrugen, und Musik von einer echten, aus London angereisten Band.

Lalla und ich standen am Fuße der Treppe, auf der Gedränge herrschte, und mich erfaßte Panik. Wir kannten keinen. Kein einziges vertrautes Gesicht. Aber was noch schlimmer war, alle anderen schienen einander bestens zu kennen. Begrüßungsschreie gellten, Arme schlangen sich um Hälse, furchterregende junge Männer mit wiehernden Stimmen schlängelten sich ans uns vorbei und steuerten auf Bekannte zu, die sie von weitem erspäht hatten. Lalla griff sich flink zwei Champagnergläser von einem Tablett und drückte mir eins in die Hand. Ich trank einen Schluck, und genau in diesem Moment übertönte eine Stimme den allgemeinen Tumult. «Lalla!» Ein Mädchen kam die Treppe herunter, ein dunkelhaariges Mädchen in einem schulterfreien Satinkleid, das ganz offensichtlich nicht von der Mutter geschneidert worden war.

Lalla schaute zu ihr hinauf. «Rosemary!»

Es war Rosemary Sutton; sie kam aus London, und sie und Lalla waren in den guten alten Londoner Tagen miteinander zur Schule gegangen. Sie fielen sich in die Arme und hielten sich umschlungen, als wäre das alles, worauf jede von ihnen nur gewartet hatte. «Was machst denn du hier? Ich hätte nie geglaubt, daß ich dich hier treffen würde. Wie herrlich! Komm mit zu Allan. Du kannst dich doch noch an meinen Bruder Allan erinnern, nicht wahr? Ach, ist das aufregend ...»

Ich dachte, Lalla würde mich ganz und gar vergessen, doch dem war nicht so. «Das ist Jane. Meine Schwester ... sie ist auch hier.»

«Oh, toll. Hallo Jane. Kommt mit, sie sind alle im Ballsaal!»

Ich schwamm in Lallas Kielwasser mit, zwängte mich zwischen lauter Leuten durch, die ich nicht kannte, hielt mich an meinem Champagnerglas fest und wünschte, ich wäre nicht hergekommen. Schließlich tauchten wir in einer abgelegenen Ecke des Ballsaals auf, in der eine Gruppe fröhlich aussehender Gäste stand und sich unterhielt. Sie redeten wie die Wasserfälle. «Allan! Schau mal, wer da ist! Du erinnerst dich doch noch an Lalla, nicht wahr?»

Der junge Mann drehte sich um. Er sah derart gut aus, daß es fast nicht wahr sein konnte. So auffallend blond wie seine Schwester dunkelhaarig, tadellos gekleidet, mitternachtsblauer Samtsmoking, schneeweiße Hemdbrust, schimmernde Goldknöpfe an makellos gestärkten und gefalteten Manschetten, goldenes Uhrarmband. Lalla war ja schon groß, aber er war noch größer. Er sah auf sie hinunter, und seine markanten Züge spiegelten sowohl Überraschung als auch offensichtliche Freude wider. «Natürlich erinnere ich mich an sie», sagte er. Dann lächelte er und stellte sein Glas ab. «Wie hätte ich sie vergessen können? Komm, gehen wir tanzen.»

Ich sah sie den ganzen Abend kaum wieder. Er entführte sie mir, und ich fühlte mich so verwaist, als hätte ich meine Schwester für immer verloren. Es wäre nicht so schlimm gewesen, wenn ich älter gewesen wäre oder irgendwen gekannt hätte. Ein paarmal erbarmte sich jemand meiner und forderte mich zum Tanzen auf, aber es gab lange Pausen zwischen den einzelnen Tänzen, in denen ich allein herumsitzen mußte oder mich in die Toilette verzog oder auf einen Schwatz zu der freundlichen Frau setzte, die für die Garderobe zuständig war und bei Bedarf mit Sicherheitsnadeln aushalf. Einmal kam mir Mrs. Menheniot selbst zu Hilfe und kommandierte einen jungen Mann ab, mich ans Büffet zu führen, nur, danach löste auch er sich in nichts auf. In einem menschenleeren Nebenzimmer fand ich ein Sofa und ließ mich darauf fallen. Es war schon halb eins, ich sehnte mich nach meinem Bett und überlegte, was die Leute wohl sagen würden, wenn ich die Beine hochnahm und ein kleines Nikkerchen machte.

Plötzlich kam jemand herein und zog sich sofort wieder zurück. Ich blickte hoch und sah ihn nur noch von hinten. «Godfrey», sagte ich. Er drehte sich um. Ich stand von dem Sofa auf und landete wieder auf meinen schmerzenden Füßen.

«Jane!»

«Was tust denn du hier? Lalla hat gesagt, du arbeitest.»

«Mach ich ja auch. Aber ich wollte unbedingt herkommen. Ich bin von Bristol direkt hierhergefahren. Deshalb bin ich so spät eingetroffen.» Ich wußte, warum er herkommen wollte. Um Lalla zu treffen. «Ich hätte nicht gedacht, daß du auch hier bist.»

«Sie hatten zuwenig Mädchen, deshalb haben sie mich auch eingeladen.»

«Wo ist Lalla?»

«Weiß ich nicht.»

Wir schauten uns bedrückt an, und mir wurde das Herz sehr schwer. Godfreys Smoking erweckte den Eindruck, als hätte er ihn von jemandem geborgt, der größer war als er, und die Fliege saß schief. «Ich glaube, Lalla tanzt.»

«Komm doch mit und tanz mit mir, dann sehen wir sie vielleicht.»

Eine widerliche Vorstellung, aber ich wollte es nicht sagen. Also gingen wir gemeinsam in den Ballsaal. Statt der Deckenbeleuchtung zuckten jetzt rote, grüne und blaue Diskolichter durch die verräucherte Dunkelheit. Die Musik dröhnte und hämmerte, daß uns fast die Ohren platzten, und auf der Tanzfläche herrschte ein unüberschaubares Gewirr von Menschen, von wehenden Haaren und schlenkernden Armen und Beinen. Godfrey und ich tanzten am Rand mit, doch mir war klar, daß er mit den Gedanken woanders war. Ich wünschte, er wäre nicht hergekommen, und betete, daß er Lalla nicht fand.

Aber natürlich entdeckte er sie, weil es unmöglich war, sie zu übersehen. Ebenso unmöglich war es, Allan Sutton zu übersehen. Sie waren beide so groß, so schön, so blond. Godfrey machte ein finsteres Gesicht. Die harten Lichter spiegelten sich in seiner Brille, so daß ich den Ausdruck in seinen Augen nicht erkennen konnte.

«Wer ist das, mit dem sie tanzt?» fragte er.

«Allan Sutton. Er und seine Schwester kommen aus London. Lalla kennt sie von früher.»

Mehr konnte ich dazu nicht sagen. Ich konnte Godfrey auch nicht den Rat geben, hinzugehen und sie für sich zu beanspruchen, denn mittlerweile war ich mir nicht einmal mehr sicher, welchen Empfang sie ihm bereiten würde. Während wir die beiden beobachteten, hörte Allan gerade auf zu tanzen, legte seinen Arm um Lalla, zog sie an sich und flüsterte ihr etwas ins Ohr. Sie schob ihre Hand in seine, und sie steuerten die offene Terrassentür an. Im nächsten Augenblick waren sie unseren Blicken entschwunden, von der Dunkelheit des Gartens verschluckt.

Um vier Uhr früh fuhren Lalla und ich schweigend nach Hause. Jetzt kicherten wir nicht. Traurig fragte ich mich, ob ich jemals wieder mit ihr zusammen kichern würde. Mir tat vor Erschöpfung alles weh, und ich konnte sie in diesem Moment nicht ausstehen. Godfrey hatte nicht einmal mit ihr gesprochen. Kurz nach unserem Tanz hatte er sich verabschiedet und war verschwunden. Wahrscheinlich hatte er sich auf die lange, einsame Rückfahrt nach Bristol gemacht. Ich schämte mich für Lalla, und Godfrey tat mir furchtbar leid. Trotzdem konnte ich sie wohl kaum zur Rede stellen. Sie strahlte eine Glückseligkeit aus, die fast mit Händen zu greifen war. Verstohlen schaute ich zu ihr hinüber und sah ihr zufriedenes, lächelndes Gesicht. Mir fiel nichts ein, was ich hätte sagen können.

Schließlich brach Lalla das Schweigen. «Ich weiß jetzt, was ich mache. Ich meine, ich weiß, wie ich mein Leben gestalten will. Ich gehe zurück nach London. Rosemary sagt, ich kann bei ihr wohnen. Ich besuche einen Kurs für Sekretärinnen und sehe mich nach einem Job um.»

«Mama wird enttäuscht sein.»

«Sie wird es verstehen. Es ist genau das, was ich immer gewollt habe. Wir sind doch hier lebendig begraben. Und da ist noch etwas. Ich bin es leid, selbstgeschneiderte Kleider zu tragen und nie ein neues Auto zu haben. Wir haben immer davon geredet, unser Glück zu machen, und da ich die Älteste bin, kann ich ja damit anfangen. Wenn ich es jetzt nicht mache, mache ich es nie.»

«Godfrey war heute abend da», sagte ich.

«Godfrey?»

«Er ist direkt von Bristol hergefahren.»

Sie schwieg dazu, und ich war wütend. Ich wollte sie ver-
letzen, damit sie sich so elend fühlte wie ich. «Er ist nur gekommen, weil er dich treffen wollte, aber du hast ihn nicht
einmal bemerkt.»

«Du wirst doch wohl nicht behaupten wollen, daß das
meine Schuld ist.»

Und so kehrte Lalla nach London zurück. Sie wohnte bei
Rosemary und besuchte einen Sekretärinnenkurs, wie sie es
angekündigt hatte. Später bekam sie einen Job in der Redak-
tion einer Modezeitschrift, doch es dauerte nicht lange, bis
einer der Fotografen erkannte, was in ihr steckte, sie von ihrer
Schreibmaschine weglockte und Probeaufnahmen von ihr
machte. Schon bald lächelte uns ihr hübsches Gesicht vom
Titelblatt der Zeitschrift zu, und die Hochglanzseiten zeigten
Bilder von Lalla in Pelzen, in hohen Stiefeln, in märchenhaf-
ten Abendkleidern. Sie zog in eine eigene, kleine Wohnung,
kaufte sich ein Auto und reiste zu Modeaufnahmen auf die
Jungferninseln, nach Tunesien, Irland oder Venedig.

«Von wegen», sagte Barney, «auf einem Kamel durch Indien reiten!»

«Wie fühlt man sich, wenn man eine berühmte Tochter
hat?» fragten die Leute Mama. Nur, Mama hatte sich nie so
recht mit Lallas Erfolg abfinden können, ebensowenig wie
mit Allan Sutton. Allans Zuneigung zu Lalla hatte sich als
dauerhaft erwiesen, und er war nun ihr ständiger Begleiter.
Manchmal kamen sie für ein Wochenende nach Carwheal
(anscheinend hatten sie nie Zeit, länger zu bleiben), doch
Mama benahm sich ihm gegenüber nach wie vor zurückhal-
tend. Ich glaube, sie war der Meinung, er habe alles in allem

zuviel des Guten an sich, während Barney und ich zu der traurigen Erkenntnis kamen, er habe keinen Sinn für Humor.

«Hoffen wir, daß er sie nicht heiratet», sagte Barney, aber natürlich beschlossen sie letzten Endes, wie hätte es auch anders sein können, genau das zu tun. «Wir haben uns verlobt!» Lalla rief aus London an, um uns das mitzuteilen, und dabei klang ihre Stimme, als säße sie im Zimmer nebenan; es war zum Verrücktwerden.

«Oh, Liebling!» sagte Mama nur leise.

«Freu dich doch! Bitte freu dich! Ich bin so glücklich und könnte es nicht ertragen, wenn du nicht glücklich wärst.»

Also behauptete Mama natürlich, sie freue sich darüber, aber die Wahrheit war, daß keiner von uns Allan wirklich gern mochte. Er war … nun ja, er war verwöhnt. Er war eingebildet. Er war zu reich. Als ich das Mama gegenüber andeutete, hielt sie treu zu Lalla und sagte: «*Dinge* bedeuten Lalla eine Menge. Das war wohl schon immer so. Ich meine Besitz und Sicherheit. Und vielleicht auch jemand, der sie wirklich liebt.»

«Godfrey hat sie wirklich geliebt», wandte ich ein.

«Damals waren sie noch so jung. Und vielleicht konnte ihr Godfrey nicht das geben, was sie brauchte.»

«Aber er konnte ihr Liebe geben. Und er konnte sie zum Lachen bringen. Allan bringt sie nie zum Lachen.»

«Vielleicht», sagte Mama traurig, «ist sie aus dem Lachen herausgewachsen.»

Und dann kam Ostern. Wir hatten seit einer Weile nichts von Lalla gehört und nicht damit gerechnet, daß sie in den Frühjahrsferien nach Carwheal kommen würde, doch sie rief aus heiterem Himmel an und sagte, sie habe sich in letzter Zeit nicht ganz wohl gefühlt und für ein paar Wochen frei genommen. Mama war natürlich begeistert, machte sich aber Sorgen um ihre Gesundheit.

«Liebling, was hast du denn?»

«Ach, nur eine Grippe oder so. Ich bin ein bißchen angeschlagen.»

«Kommt Allan mit?»

«Nein, er kann nicht. Er hat zuviel zu tun. Mir ist es zu anstrengend, selbst zu fahren, deshalb nehme ich den Zug.»

«Wir holen dich ab», versprach Mama. «Laß uns wissen, an welchem Tag du kommst, dann holt dich jemand ab.»

Inzwischen waren wir alle mehr oder weniger erwachsen. David studierte Medizin, und Paul hatte einen Job bei der Lokalzeitung. Ich hatte einen Platz in der Guildhall-Musikschule ergattert, und Barney war kein kleiner Junge mehr, sondern ein schlaksiger Teenager mit unersättlichem Appetit. Dennoch rotteten wir uns in den Ferien noch immer zusammen, und in diesem Jahr überließ auch Godfrey seine kranken Hunde und siechen Kühe der Obhut seines Partners und kam wieder einmal nach Carwheal.

Es war herrliches Wetter – fast so warm wie im Sommer. Die Art von Wetter, bei der man sich wieder jung fühlt – wie ein Kind. Auf dem Golfplatz duftete der Thymian, und an den Wanderwegen auf den Klippen wucherten Schlüsselblumen und wilde Veilchen. Im Garten der Roystons sprossen die Narzissen im hohen Gras unter dem Baumhaus, und Mrs. Royston fegte die Spinnweben aus der Laube, spannte das Tennisnetz, und wir spielten fast jeden Nachmittag.

Bei einer dieser Gelegenheiten sprachen Godfrey und ich über Lalla. Wir saßen gemeinsam in der Laube, während die anderen sich ein Match lieferten. Seit jenem unseligen Abend bei den Menheniots hatte ich ihn kaum gesehen, und ich war erleichtert, als er ihren Namen erwähnte.

«Erzähl mir von Lalla.»

«Sie ist verlobt.»

«Das weiß ich. Ich hab's in der Zeitung gelesen.» Dazu fiel mir nichts mehr ein. «Magst du ihn, ich meine Allan Sutton?»

Ich sagte: «Ja», aber ich konnte noch nie besonders gut lügen. Godfrey wandte den Kkopf um und schaute mich an. Er trug alte Jeans und ein weißes Hemd, und ich fand, daß er auf angenehme Weise älter geworden war, selbstsicherer und dadurch attraktiver. «Ich glaube …», fuhr ich fort, «ich glaube, er verkörpert genau das Leben, das sie führen wollte. Eigentlich das Leben, das wir gehabt hätten, wenn Vater nicht gestorben wäre. Sie hat London immer geliebt. Sie wollte dort nie weg. Carwheal war für sie nie dasselbe wie für Barney und mich.»

«An dem Abend bei den Menheniots», erzählte Godfrey, «da wollte ich sie bitten, mich zu heiraten.»

«Oh, Godfrey …»

«Ich war zwar mit meiner Ausbildung noch nicht fertig, aber ich habe mir vorgestellt, irgendwie würden wir es schon schaffen. Und als ich sie dann sah, wußte ich, daß ich sie verloren hatte. Ich habe zu lange gewartet.»

«Dabei warst du es, der uns damals, als wir hierhergezogen sind, das Leben erleichtert hat. Du hast alles ins Rollen gebracht.»

«Ich wollte nicht, daß sie mich aus falsch verstandener Dankbarkeit nimmt. Ich wollte sie, weil ich geglaubt habe, ich könnte sie glücklich machen.»

«Liebst du sie noch immer?»

Eine schreckliche Frage, und noch dazu eine, die zu stellen ich kein Recht hatte, doch genau in diesem Moment schlug jemand einen Ball ins Aus, und Godfrey ging hinaus und warf ihn wieder ins Spielfeld. Als er zurückkam, sprachen wir dann von etwas anderem.

An dem Tag, an dem Lalla eintreffen sollte, nahm ich Mamas altes Auto und machte ein paar Einkäufe in der Nachbarstadt. Als es Zeit wurde, nach Hause zu fahren, sprang der Motor nicht mehr an. Ich quälte mich eine Weile vergebens mit ihm herum, dann lief ich zu Fuß in die nächste Werkstatt und überredete einen freundlichen, ölverschmierten Mann, mitzukommen und mir zu helfen. Aber er erklärte mir, es sei hoffnungslos. Das Auto konnte man nur noch abschleppen, und der Motor war in so üblem Zustand, daß er ausgebaut werden mußte.

«Aber ich muß nach Hause. Ich muß meine Schwester von der Bahn abholen.»

«Mit dem Wagen bestimmt nicht.»

Wir gingen zur Werkstatt zurück, und ich rief zu Hause an. Aber es war nicht Mama, die sich meldete, sondern Godfrey.

«Was machst denn du da?»

«Ich habe Barney gerade nach Hause gebracht. Wir waren in Newquay drüben und haben den Surfern zugeschaut.»

«Wo ist Mama?»

«Im Garten.»

«Richt ihr bitte aus, daß das Auto seinen Geist aufgegeben hat. Ich fahre mit dem Bus heim, aber Lallas Zug kommt in ungefähr einer halben Stunde an, und wir haben ihr versprochen, daß sie jemand abholt.»

Kurzes Zögern, dann sagte Godfrey: «Ich fahre hin. Ich nehme meinen Wagen.»

Es klang sehr sachlich, doch ich fragte ihn unsicher: «Macht es dir wirklich nichts aus?»

«Warum sollte es mir etwas ausmachen?»

Mir wären tausend Gründe eingefallen, aber irgendwie schien mir das nicht der richtige Zeitpunkt zu sein, um sie aufzuzählen. «Na schön … Wenn du meinst. Und sag bitte Mama Bescheid.»

Als ich endlich zu Hause eintraf und völlig erschöpft war, weil ich die vollen Einkaufstaschen von der Bushaltestelle heimgeschleppt hatte, war Godfreys Auto nirgends zu sehen. Ich überlegte, was wohl passiert sein mochte, und ging hinein. Mama und Barney tranken in der Küche gerade Tee. «Wo ist Lalla?» fragte ich, während ich meine Taschen auf dem Fußboden abstellte. Dann zog ich mir einen Stuhl heran und ließ mich dankbar auf ihm nieder.

«Sie sind noch nicht da», sagte Mama. Sie hatte ihre Gartenschürze um und Spuren von Erde auf dem Gesicht.

«Noch nicht da?» Ich schaute auf die Uhr. «Aber der Zug muß doch schon vor einer Stunde angekommen sein.»

«Vielleicht hat er Verspätung.»

«Dieser Zug hat nie Verspätung.»

«Vielleicht hat sie ihn verpaßt», meinte Barney.

«Dann hätte sie uns angerufen.»

«Vielleicht hat Godfreys Auto auch seinen Geist aufgegeben.» Barney fing an zu grinsen. «Vielleicht ist irgendeine Motorenepidemie ausgebrochen, und im ganzen Land bleiben die Autos röchelnd stehen.»

«Ach, sei doch nicht so albern!»

«Vielleicht …», begann Mama, doch weiter kam sie nicht, weil genau in diesem Moment das Telefon klingelte. «Das werden sie sein», sagte ich und ging an den Apparat. Aber es waren nicht die beiden, es war ein Gespräch aus London. Allan Sutton.

«Lalla?»

«Nein, nicht Lalla, sondern Jane.»

«Ich möchte mit Lalla sprechen.»

«Sie ist nicht da. Sie ist noch nicht angekommen.»

«Was ist denn passiert?»

«Wir wissen es nicht.»

«Ich muß mit ihr reden.»

Seine Stimme klang so, als wäre er der Verzweiflung nahe. Behutsam fragte ich: «Ist irgend etwas nicht in Ordnung?»

«Nicht in Ordnung? Hat sie es euch nicht erzählt?»

«Was?»

«Sie hat unsere Verlobung gelöst. Ich bin vom Büro nach Hause gekommen und habe einen Brief von ihr und meinen Ring vorgefunden. Sie schreibt, daß sie heimkehrt. Sie will nicht heiraten …»

Im Grunde meines Herzens tat er mir sehr leid. «Aber Allan … Hast du … Du mußt doch irgend etwas gemerkt haben.»

«Nein. Absolut nichts. Es trifft mich wie ein Blitz aus heiterem Himmel. Ich weiß, sie war in letzter Zeit nicht ganz auf

dem Damm, aber ich habe geglaubt, sie wäre nur ein bißchen
ausgelaugt. Sie hat soviel gearbeitet und ist in der Gegend
herumgereist. Ich muß unbedingt mit ihr reden. Sie wird
schon einsehen, daß das lächerlich ist. Wir müssen das miteinander besprechen. Es ist einfach grotesk ...»

‹Du meinst doch nur›, dachte ich im stillen, ‹für dich ist es
unvorstellbar, daß Lalla jemals aufhören könnte, jemanden
zu lieben, der so vollkommen ist wie du.›

«Sie wird ihre Gründe dafür haben, Allan», sagte ich so
sanft wie möglich.

«Sprich mit ihr, Jane. Versuch, sie zur Vernunft zu bringen.»

«Ich ... Ich sage ihr, daß sie dich anrufen soll.»

«Sie muß nach London zurückkommen ...»

Endlich legte er auf. Ich hängte den Hörer wieder ein und
blieb einen Moment stehen, um meine fünf Sinne zusammenzunehmen und mir meinen Reim auf diese neue und
völlig überraschende Entwicklung zu machen. Ich merkte,
wie ich mich in einem Gewirr aus widersprüchlichen Gefühlen verfing. Einerseits hatte ich tiefes Mitleid mit Allan, der
sich wirklich verzweifelt angehört hatte, andererseits empfand ich widerstrebend Bewunderung für Lalla, die den Mut
zu dieser niederschmetternden Entscheidung aufgebracht
hatte, und zugleich machte sich eine wachsende Erregung in
mir breit ...

Godfrey. Godfrey und Lalla. Wo steckten sie nur? Plötzlich
wurde mir klar, daß ich Mama und Barney nicht gegenübertreten konnte, bevor ich nicht herausgefunden hatte, was vor
sich ging. Leise öffnete ich die Tür und schlich aus dem Haus,
durch das Gartentor und lief den Feldweg entlang. Kaum war

ich am Ende des Weges um die Ecke gebogen, da entdeckte
ich Godfreys Auto. Es stand auf dem Rasen, direkt vor der
Kirche. Ich spähte hinein und sah Lallas Gepäck auf dem
Rücksitz, ein Bündel Zeitschriften, ihren Schal. Weit und
breit keine Spur von den beiden, doch ich ahnte, wohin sie
gegangen waren.

Es war ein wunderbar milder Abend. Ich schlug den Pfad
ein, der an der Kirche vorbei zum Strand führte. Aber ich war
noch nicht weit gelaufen, als ich die beiden über den Golfplatz auf mich zukommen sah. Der Wind wehte Lalla die
Haare ins Gesicht. Sie trug hochhackige Stiefel und war größer als Godfrey. Eigentlich hätte man meinen müssen, daß sie
gar nicht zusammenpaßten, und doch strahlten sie vollkom-
mene Harmonie aus. Hand in Hand kamen sie vom Strand
herauf, wie sie es unzählige Male getan hatten. Ich blieb stehen, weil es mir plötzlich widerstrebte, ihre Zweisamkeit zu
stören. Aber Lalla hatte mich bereits gesehen. Sie winkte,
dann ließ sie Godfreys Hand los und lief mir entgegen. Ihre
Arme kreisten wie die Flügel einer Windmühle. «Jane!» Ich
hatte sie noch nie so überschwenglich erlebt. «Oh, Jane …»
Ich rannte auf sie zu, und als wir uns trafen, fielen wir uns
stürmisch um den Hals. Auf einmal hatte ich Tränen in den
Augen.

«Meine liebe Jane …»

«Ich habe es nicht mehr ausgehalten, ich mußte euch suchen.»

«Hast du dich gewundert, wo wir bleiben? Wir waren spazieren. Ich mußte mit Godfrey reden. Er war genau derjenige,
mit dem ich reden wollte.»

«Lalla, Allan war vorhin am Telefon.»

«Hat er meinen Brief gefunden? Verkraftet er ihn?»

«Er ist fix und fertig. Du sollst ihn sofort zurückrufen.»

«Ich mußte es tun. Es war alles ein schrecklicher Irrtum.»

«Aber du hast es noch rechtzeitig gemerkt. Das ist das einzige, worauf es ankommt.»

«Ich habe geglaubt, ich wäre hinter dem her, was ich haben wollte. Später habe ich geglaubt, ich hätte erreicht, was ich wollte, und dann merkte ich, daß ich es überhaupt nicht wollte. Ach, Liebling, es war alles so furchtbar, ich habe euch so vermißt. Es war keiner da, mit dem ich hätte reden können … Ich wollte es erklären …»

«Du brauchst nichts zu erklären.»

Über ihre Schulter hinweg sah ich Godfrey in aller Ruhe näher kommen. Da ließ ich Lalla los, ging auf ihn zu und gab ihm einen Kuß. Ich wußte nicht, was sie besprochen hatten, während sie über den Strand gewandert waren, und mir war klar, daß ich es nie erfahren würde, aber trotzdem hatte ich das Gefühl, daß das, was dabei herausgekommen war, für uns alle nur gut sein konnte.

«Wir müssen zurück», sagte ich. «Mama und Barney haben noch keine Ahnung, was los ist. Sie wissen noch nicht einmal etwas von Allans Anruf. Und sicher denken sie, ich hätte mich genauso in Luft aufgelöst wie ihr zwei.»

«Wenn das so ist», sagte Godfrey, während er wieder nach Lallas Hand griff, «dann sollten wir vielleicht zurückgehen und es ihnen erzählen.»

Und so gingen wir zu dritt nach Hause.

Wochenende

Waffenruhe für dieses Wochenende. Nicht etwa, daß sie sich nicht streiten wollten; schließlich hatten sie sich in den zwei Jahren, die sie sich jetzt kannten, nie gestritten. Statt Waffenruhe eher ein Gentleman's Agreement: Während dieses Wochenendes würde Tony Eleanor nicht wieder einmal bitten, ihn zu heiraten, so daß sie ihn nicht wieder einmal abweisen mußte.

Vor ein paar Tagen hatte er sie angerufen. «Eben sagt man mir, daß ich mir die paar Tage Urlaub, die mir noch zustehen, nehmen kann. Möchtest du mit mir aufs Land fahren?»

Damit überrumpelte er Eleanor, die sich vor Korrekturfahnen, einem vollgestopften Terminkalender und einem eventuellen Autor, der sich gewaltig zierte, kaum noch retten konnte. «Ach Tony, ich weiß nicht recht. Ich glaube nicht. Ich meine...»

«Versuch's», unterbrach er sie. «Versuch's einfach. Rede mit deinem Verleger und sag ihm, du hast eine kranke Tante, der du das Kissen aufschütteln mußt.»

«So einfach geht das nicht...», sagte sie mit Blick auf ihren mit Arbeit überhäuften Schreibtisch.

«Dann eben nur das Wochenende. Wir fahren Freitag los,

wenn du mit der Arbeit fertig bist, und kommen irgendwann Sonntag abend nach London zurück.»

«Wohin willst du?»

«Nach Brandon Manor.»

«Du meinst, wo du mal gearbeitet hast? Ich dachte, das können sich nur Millionäre leisten.»

«Millionäre und Angestellte meines Hotelkonzerns, dem es nämlich gehört. Ich bekomme Rabatt. Sag ja, und ich telefoniere und frage an, ob sie noch ein paar leere Zimmer haben.»

Eleanor überlegte. Ein Wochenende auf dem Land, beschaulich und mit allem Komfort, das war schon verlockend. Knospen an den Bäumen, die aufspringen wollten, Gras, das langsam grün wurde, Vögel, die schon sangen.

«Du willst doch nicht…», setzte sie an, doch dann verschluckte sie den Rest. «Ich meine, du willst nicht etwa…» Schon wieder hielt sie inne.

«Nein», sagte Tony, «wir werden uns nicht streiten. Das Thema Ehering ist streng tabu. Nur raus aus der Stadt und die Tage genießen.»

Jetzt lächelte Eleanor. «Das hört sich zu verlockend an», sagte sie.

Er sagte: «Ich liebe dich.»

«Tony, du hast es versprochen.»

«Nein, habe ich nicht. Ich habe nur gesagt, ich würde dich nicht bitten, meine Frau zu werden. Wie wir wissen, hat beides anscheinend nichts miteinander zu tun.» Aber er lächelte. Sie merkte seiner Stimme an, daß er lächelte. «Bis Freitag dann.»

Und jetzt waren sie fast da. Es war ein schöner Tag gewesen, warm und trocken, und die Luft roch direkt schon nach Sommer. In London sah man die ersten Markisen und an den Blumenständen die ersten Rosen. Aber auf dem Lande waren die Anzeichen des nahenden Sommers weniger künstlich. Die Obstgärten standen in voller, zarter rosa Blüte, und in den Gärten der kleinen Häuschen leuchteten Forsythien und samtige Schlüsselblumen auf sauber gejäteten Rabatten. Vor ihnen zog sich die Straße zum Hügelkamm hoch, auf eine Lücke in den Bäumen zu, und auf einmal bot sich ihnen der Blick auf das Tal von Evesham und die fernen, dunstiggrauen Malvern Hills.

«Ich könnte immer so weiterfahren», sagte Eleanor. «Weiter und immer weiter, bis wir nach Wales und ans Meer kommen.»

«Tun wir aber nicht. Wir wollen nach Brandon, und wir sind gleich da.» Das Auto kroch die abschüssige, kurvenreiche Straße hinunter. Die Bilderbuchhäuser des Dorfes schmiegten sich weit auseinandergezogen an den Fuß des Hügels. Sie bogen um eine Ecke, und vor ihnen lag, niedrig und weitläufig, das alte Herrenhaus mit seinen Sprossenfenstern und seinen steilen, dunklen Schieferdächern.

«Wie schön», sagte sie. «Wie lange hast du da gearbeitet?»

«Ungefähr fünf Jahre. Ich war der Vertreter des Vertreters des Managers, genauer gesagt, Mädchen für alles, aber was man im Hotelfach so lernen kann, das habe ich hinter diesen ehrwürdigen Mauern gelernt.»

«Wie lange ist es schon Hotel?»

«Die Familie, der es gehörte, hat es vor dem Krieg verkauft. Seitdem ist es Hotel. Es hat sogar eine Flitterwochensuite.»

Kies knirschte, als sie auf der geschwungenen Auffahrt vor dem hohen Portal aus Stein hielten. Tony stellte den Motor ab und drehte sich lächelnd zu Eleanor um. «Keine Bange. Dort schlafen wir nicht. Auch wenn ich es für eine gute Idee halte.»

«Tony», mahnte sie ihn streng. «Du hast versprochen, nichts zu sagen, was auch nur im entferntesten mit Flitterwochen zu tun hat.»

«Es ist solch ein romantisches Fleckchen. Wird mir schwerfallen.»

«In dem Fall mußt du die ganzen zwei Tage auf dem Golfplatz verbringen.»

«Kommst du mit und machst den Caddy für mich?»

«Nein, ich suche mir einen netten, alleinstehenden, weiblichen Gast, mit dem plaudere ich über die neueste Mode.»

Tony mußte lachen. «Hört sich ganz nach einem ungewöhnlichen Wochenende an.» Dann beugte er sich unversehens vor und küßte sie auf den Mund. «Ich liebe dich noch mehr, wenn du dich bemühst, böse auszusehen. Jetzt komm aber, wir wollen keinen Augenblick vertun.»

Drinnen, in der gefliesten und getäfelten Eingangshalle, war nur das Knistern des Feuers in dem gähnenden Kamin und das Ticken der Standuhr zu hören.

Man hatte die Rezeption diskret unter die Biegung der elisabethanischen Treppe eingefügt. Dahinter stand ein Mann mit dem Rücken zu ihnen und sortierte Post ein. Er hatte sie nicht hereinkommen hören und drehte sich erst um, als Tony seinen Namen sagte. «Alistair.»

Überrascht fuhr der Mann herum. Einen Augenblick herrschte erstauntes Schweigen, aber dann strahlte sein Gesicht auf, und er lächelte. «Tony! Was tust du denn hier?»

«Hier wohnen. Hast du denn meinen Namen nicht im Buch gelesen?»

«Ja, natürlich. Talbot. Aber ich hatte keine Ahnung, daß du das bist. Der Empfangschef hat dich eingetragen…» Er gab Tony einen freundschaftlichen Klaps auf die Schulter. «So eine Überraschung aber auch!»

Eleanor stand etwas hinter Tony. Der trat jetzt beiseite, streckte die Hand aus und zog sie zu sich. «Das ist Eleanor Dean.»

«Hallo, Eleanor.»

«Hallo.» Sie schüttelten sich die Hand über dem polierten Empfangstresen.

«Alistair und ich haben zusammen gelernt, da waren wir beinahe noch kleine Jungs. In der Schweiz», sagte Tony.

«Du bist jetzt in London, ja?» fragte Alistair.

«Ganz recht. Aber ich habe ein paar freie Tage bekommen, und da dachte ich, ich fahre mal hierher und sehe mir an, was du so aus dem Laden hier machst.» Er blickte sich um. «Sieht gar nicht übel aus. Läuft gut, was?»

«Ist fast das ganze Jahr über ausgebucht.»

«Reger Betrieb in der Flitterwochensuite?»

«An diesem Wochenende ist sie jedenfalls nicht mehr zu haben.» Alistair setzte zu einem Grinsen an. «Wieso? Hattest du Absichten?»

«Lieber Himmel, nein. Mit so was geben wir uns nicht ab.»

Alistair lachte und läutete. «Der Portier soll euch die Koffer hochtragen.»

Eleanor fand, es war genauso, als wäre man in einem furchtbar netten Privathaus zu Gast, außer daß man nicht beim Ab-
wasch helfen mußte. Es war nun schon viele Jahre her, daß
die Familie, die in diesem Haus gelebt und es geliebt hatte, es
hatte verlassen müssen, und trotzdem war sie irgendwie noch
präsent, hatte nicht nur ihre schönen Möbel, sondern auch
ein unbestimmbares Ambiente zurückgelassen. Man hatte
den Eindruck, alle wären nur kurz fort. Das Haus war so geschickt umgebaut und renoviert worden, daß der moderne
Komfort ihm überhaupt nichts von seiner Atmosphäre
nahm, sondern eher noch dazu beitrug.

In jedem Zimmer hingen gestärkte Baumwollvorhänge
vor den bleiverglasten Fenstern mit den tiefen Fensterbän-
ken, und obwohl jedes Zimmer sein eigenes modernes Badezimmer hatte, fand man am Ende der verwinkelten Flure
immer noch die Originalbadezimmer mit den prächtigen,
mahagonivertäfelten Wannen und den Messinghähnen.

Unten war alles gleichermaßen einfallsreich umgestaltet.
Die Lounge war einst im alten Haus der Salon gewesen, hatte
Terrassentüren, hinter denen ein paar Stufen auf die Terrasse
und dann auf die Rasenflächen des Gartens führten. Der
Speisesaal war früher das große Vestibül gewesen und hatte
ein Erkerfenster, das bis zur Decke reichte, und die Bar versteckte sich unten in einem kleineren Raum, ursprünglich
wohl das Nähzimmer.

An diesem Abend war Tony mit Baden und Umziehen
zum Abendessen fertig, ehe Eleanor sich ganz zurechtge-
macht hatte. Er wartete auf sie, saß auf ihrer Bettkante und
wirkte in dunklem Blazer und frischem Hemd mit Schlips
hochgewachsen und weltläufig.

Sie sagte: «Du duftest so gut. Richtig sauber und würzig.»

«Mag sein, ich dufte gut, aber ich brauche trotzdem was zu trinken.»

«Geh schon runter und hol dir was, ich komme nach. In die Bar. Dauert keine zehn Minuten.»

Er ging, und sie bürstete ihr langes helles Haar, und dann sah sie sich im Spiegel in die Augen, und die Bürste sank herunter. Sie betrachtete sich – und fast verachtete sie das Mädchen, das da zurückstarrte.

‹Was willst du eigentlich?› fragte sie das Mädchen. ‹Was willst du wirklich?›

‹Ich will wissen, ob ich mich auf diese Beziehung einlassen kann und trotzdem nicht unterdrückt werde.›

‹Du willst alles haben. Man kann den Kuchen nicht behalten und aufessen. Du mußt dich entscheiden. Du bist nicht fair Tony gegenüber.›

Langsam bürstete sie weiter. Das kleine Zimmer hinter ihr mit seiner geblümten Tapete und dem neuen weißen Anstrich war wie ein sicherer Hort, wie ein viktorianisches Kinderzimmer. Wäre vielleicht schön, wieder Kind zu sein. Alles würde einem abgenommen, und man müßte keine Entscheidungen treffen.

Aber sie war kein Kind mehr. Sie war Eleanor Dean, Lektorin für Kinderbücher in einem betriebsamen Verlag, achtundzwanzig Jahre alt, erfolgreich und tüchtig. Sie war Eleanor Dean – und war aus dem Alter, in dem man sich sentimental-nostalgisch nach längst vergangenen Zeiten sehnte. Rasch schminkte sie sich fertig, tupfte Parfüm auf, griff sich ihre Handtasche und verließ das Zimmer, ohne dem Mädchen im Spiegel auch nur einen letzten Blick zu schenken.

Als sie ihre Drinks in der Bar ausgetrunken hatten, gingen Tony und Eleanor auf dicken Teppichen über den Flur zum Speisesaal, wo drei Viertel der Tische besetzt waren und bereits das Abendessen serviert wurde.

Sie bestellten nach der Speisekarte, und als der Kellner gegangen war, lächelte Tony.

«Was hältst du von einem Ratespiel? Wer von den ganzen Leutchen hier bewohnt die Flitterwochensuite, na?»

Seine Augen funkelten lustig. Was war daran so komisch? Eleanor blickte sich ratlos und beiläufig im Raum um. Vielleicht das junge Pärchen dahinten in der Ecke? Nein, die sahen nicht annähernd wohlhabend genug aus. Das blasierte Paar drüben am Fenster? Die Frau starrte ins Leere, und der Mann schien sich zu Tode zu langweilen. Die konnte man sich nicht einmal als Ehepaar vorstellen, geschweige denn in den Flitterwochen. Oder waren es die jungen amerikanischen Golfer, sie mit ihrer Bräune und er wie aus dem Ei gepellt in einem kastanienbraunen Blazer und Schottenhose?

Ihr Blick wanderte zu Tonys Gesicht zurück. «Ich habe nicht die leiseste Ahnung.»

Er machte eine winzige Bewegung mit dem Kopf. «Das Paar am Kamin.»

Eleanor blickte über seine Schulter, und da sah sie die beiden. Sie waren alt genug, um ihre Eltern, ja, sogar ihre Großeltern zu sein. Die Frau hatte das schimmernde weiße Haar zu einem lockeren Nackenknoten aufgesteckt; der Mann war ziemlich beleibt, hatte einen Schnurrbart und schütteres Haar. Eins von vielen gewöhnlichen, ältlichen Paaren. Und doch nicht gewöhnlich, denn sie plauderten und lachten in einem fort und hatten nur Augen füreinander.

Eleanors erstaunter Blick kehrte zu Tony zurück. «Bist du ganz sicher?»

«Aber ja doch. Mr. und Mrs. Renwick. Flitterwochensuite.»

«Du meinst, sie haben gerade geheiratet?»

«Müssen sie schon. Wozu würden sie sonst die Flitterwochensuite brauchen.»

«Vielleicht», sagte Eleanor, «sind sie seit Jahren befreundet, dann ist ihr Mann gestorben, dann seine Frau, und da haben sie beschlossen zu heiraten.»

«Vielleicht.»

«Oder vielleicht war sie nie verheiratet, und als seine Frau gestorben ist, konnte er ihr endlich gestehen, daß er sie sein Leben lang heimlich geliebt hat.»

«Vielleicht.»

«Kannst du's nicht herausfinden? Ich möchte es so gern wissen.»

«Ich dachte mir schon, daß dich das neugierig machen würde.»

Die Flitterwochensuite. Sie musterte die beiden erneut. Bezaubernd, wie sich offensichtlich jeder von beiden an der Gesellschaft des anderen freute.

«Meinst du nicht», fragte Tony, «daß du es dir bei dem Anblick doch noch überlegst oder dich zu einem Entschluß durchringst oder was auch immer du tun möchtest? Ich meine, was uns angeht.»

Eleanor blickte auf das Tischtuch. Sorgfältig, so als hinge viel davon ab, rückte sie ihr Messer zurecht. Sie sagte: «Du hast es versprochen. Und sein Versprechen darf man nicht brechen.»

Ihr Wein kam.

«Worauf wollen wir trinken?» fragte Tony.

«Nicht auf dich und mich.»

«Auf die Neuvermählten vielleicht? Auf ein langes und glückliches Leben?»

«Wieso nicht?» Sie tranken. Ihre Augen trafen sich über dem Rand ihrer Gläser. ‹Ich liebe ihn›, sagte sich Eleanor. ‹Ich habe Vertrauen zu ihm. Warum kann ich nicht auch Vertrauen zu mir haben?›

Am nächsten Morgen frühstückten sie spät und brachen danach zu einem Spaziergang auf. Das Wetter spielte mit, es war unvergleichlich schön. Eleanor trug weiße Jeans und einen Pullover über ihrer Hemdbluse, und als sie die Gartenanlagen erkundet und sich die mächtige Zehntscheuer angesehen hatten, die unweit des Hauses stand, schlenderten sie zum See hinunter und fanden am binsenbewachsenen Ufer ein trauliches Plätzchen, das windgeschützt war.

Hier stand das Gras dicht und grün, die ersten Gänseblümchen blühten, und sie lagen da und blickten den vereinzelten Wolken nach, die über den klaren blauen Himmel zogen, und waren so still und ruhig, daß ein Schwanenpärchen über den See geschwommen kam, um sich anzuschauen, wer da in seine abgelegene Welt eingedrungen war.

«Muß das schön gewesen sein», sagte Eleanor, «das alles hier sein eigen zu nennen. Hier Kind zu sein und alles für selbstverständlich zu halten. Ein Mann zu sein und zu wissen, daß es Teil von einem ist. Teil des Lebens und des Menschen, der man ist.»

«Aber es gab auch Pflichten», stellte Tony klar. «Leute, die für einen arbeiteten, ja, aber auch Leute, um die man sich kümmern mußte. Und für das Land war man auch verantwortlich, und die Gebäude mußten erhalten werden.»

«Hast du hier gern gearbeitet?»

«Ja», sagte Tony, «aber nach einem Weilchen hatte ich das Gefühl, ich versauere in dieser zwar wunderschönen, aber tiefen Provinz. Nicht genug Anregung.»

«Sind Menschen nicht genug Anregung?»

«Mir reicht das nicht ganz.»

Sie sagte: «Falls wir heiraten, ob wir dann auch das Gefühl haben, wir versauern in einer wunderschönen, aber tiefen Provinz?»

Tony schlug die Augen auf, hob den Kopf und sah sie etwas erstaunt an. «Wir wollten doch nicht übers Heiraten reden.»

«Das geht nun schon die ganze Zeit so, ohne daß wir es tatsächlich aussprechen. Vielleicht ist es besser, wir vergessen das Versprechen und reden frei von der Leber weg.»

Er stützte sich auf den Ellbogen. «Sieh mal, Eleanor, mein Schatz, wir kennen uns jetzt zwei Jahre. Wir haben uns und der übrigen Welt bewiesen, daß wir gut zusammenpassen. Es ist nicht nur ein Strohfeuer, eine zweifelhafte Affäre, die schal wird, sowie wir uns binden. Außerdem» – er grinste – «soll es mir nicht wie Mr. und Mrs. Renwick gehen, ich möchte mich nicht um den Genuß bringen, mit dir alt zu werden.»

«Ich auch nicht, Tony. Aber ich will auch nicht, daß es schiefgeht.»

«Du meinst, wie bei meinen Eltern?»

Tonys Eltern hatten sich scheiden lassen, als er fünfzehn war. Der Scheidungsprozeß war erbittert geführt worden, und danach waren sie getrennte Wege gegangen. Er sprach nie über diese traumatische Erfahrung, und Eleanor hatte seine Eltern auch noch nicht kennengelernt. Er fuhr fort: «Keine Ehe ist vollkommen. Und Fehler vererben sich nicht zwangsläufig. Außerdem waren deine Eltern glücklich.»

«Ja, sie waren glücklich.» Sie wandte sich von ihm ab und zupfte geistesabwesend an einem Grasbüschel. «Aber Mutter war erst fünfzig, als mein Vater gestorben ist.»

Tony legte ihr die Hand auf die Schulter und drehte sie zu sich um. Er sagte: «Ich kann dir nicht versprechen, daß ich ewig lebe, aber ich werde mir alle Mühe geben.»

Eleanor mußte gegen ihren Willen lachen. «Das glaube ich dir unbesehen.»

Sonntag morgen wollte sich Tony nach Ehemannsmanier absetzen und sich jemanden für eine Partie Golf suchen. Er lud Eleanor ein mitzugehen, doch sie lehnte ab und frühstückte, umgeben von den Sonntagszeitungen, im Bett. Gegen elf stand sie auf, badete, zog sich an, ging nach unten und nach draußen. Es war immer noch sonnig, aber nicht so warm wie am Tag vorher, und so machte sie sich geradewegs zu dem kleinen Pavillon auf, wollte Tony auf dem Golfcourse entgegengehen.

Als sie zu dem Gartenhäuschen kam, blieb sie stehen, denn sie wußte nicht, welche Richtung sie einschlagen mußte. Da sagte auf einmal eine Stimme hinter ihr: «Guten Morgen», und als sie sich umdrehte, sah sie auf der geschützten Veranda vor dem Pavillon ausgerechnet die Flitterwöchnerin, Mrs. Renwick, sitzen. Sie trug einen Tweedrock und eine dicke Strickjacke und schien sich in ihrem bequemen Korbsessel offensichtlich wohl zu fühlen.

Eleanor lächelte. «Guten Morgen.» Langsam ging sie auf die ältere Dame zu. «Ich wollte den Course entlang, aber jetzt weiß ich nicht, in welche Richtung ich gehen muß.»

«Mein Mann spielt auch Golf. Sie kommen, glaube ich, aus der Richtung da, aber ich sitze lieber, als daß ich laufe. Möchten Sie mir ein bißchen Gesellschaft leisten?»

Eleanor zögerte, dann sagte sie sich, wieso eigentlich nicht. Sie zog sich einen Korbsessel heran, machte es sich neben Mrs. Renwick bequem und streckte die Beine aus.

«Schön hier.»

«Viel schöner, als im kalten Wind herumzulaufen. Um welche Zeit ist Ihr Mann aufgebrochen?»

«Vor ein paar Stunden. Aber er ist nicht mein Mann.»

«Ach, Entschuldigung. Wie man sich doch täuschen kann. Wir fanden, Sie sehen wie frisch verheiratet und in den Flitterwochen aus.»

Lustig, daß auch die Renwicks sie und Tony begutachtet hatten, so wie sie sich über die beiden den Kopf zerbrochen hatten.

«Nein, leider nicht.» Sie warf einen Blick auf Mrs. Renwicks linke Hand, denn dort mußte ein glänzender, neuer Ehering funkeln, aber Mrs. Renwicks Ring war so schmal und abgenutzt wie die Hand, an der er steckte. Eleanor kräuselte ratlos die Stirn, und das merkte Mrs. Renwick.

«Ist etwas?»

«Nein, nichts. Nur, daß... na ja, wir dachten, Sie und Ihr Mann wären in den Flitterwochen.»

Mrs. Renwick warf den Kopf zurück und lachte schallend. «Was für ein Kompliment! Sie haben wohl herausgefunden, daß wir die Flitterwochensuite bewohnen!»

«Na ja...» Eleanor war so verlegen, als hätten sie hinter den Renwicks herspioniert. «Es ist nur – also – Tony und der Manager sind alte Freunde.»

«Ach so. Ich kann Sie beruhigen. Wir sind seit vierzig Jahren verheiratet und feiern hier unsere Rubinhochzeit. Und statt einer großen Feier hat uns mein Mann das Wochenende in Brandon spendiert. Hier haben wir nämlich unsere Flitterwochen verbracht... das war natürlich im Krieg, und mein Mann hatte nur zwei Tage Urlaub. Aber damals haben wir uns geschworen, daß wir eines Tages wiederkommen würden. Und es ist noch genauso schön wie damals.» Wieder lachte sie. «Nicht zu fassen, daß Sie uns für Frischvermählte gehalten haben. Sie müssen sich doch gefragt haben, was um alles auf der Welt so ein paar Mummelgreise wie wir noch vorhaben.»

«Nein», sagte Eleanor, «das haben wir nicht. Sie haben vollkommen glaubwürdig gewirkt. Haben gelacht und geredet, als ob Sie sich eben erst kennengelernt und sich über beide Ohren verliebt hätten.»

«Ein noch netteres Kompliment. Und wir haben Sie auch beobachtet. Als Sie gestern abend getanzt haben, hat mein Mann gesagt, er hätte noch nie ein so gut aussehendes Paar gesehen.» Sie zögerte kurz, dann sagte sie, und das klang auf einmal sehr sachlich: «Kennen Sie sich schon lange?»

«Ja», sagte Eleanor. «Ziemlich lange. Zwei Jahre.»

Mrs. Renwick überlegte. «Ja», sagte sie nachdenklich, «das ist eine ziemlich lange Zeit. Leider sind die Männer heutzutage sehr verwöhnt. Es scheint, sie bekommen alle Vorteile des Ehelebens auf einem Silbertablett serviert, ohne sich um die Pflichten kümmern zu müssen.»

Eleanor sagte: «Es liegt an mir. Tony ist nicht so. Er will heiraten.»

Mrs. Renwick lächelte still. «Man kann sehen, daß er Sie liebt», sagte sie.

«Ja», gab Eleanor lahm zurück. Sie blickte die Ältere an, wie sie da im bleichen Sonnenschein saß und sie mit gütigen, klugen Augen musterte. Eine Fremde, doch auf einmal wußte Eleanor, daß sie ihr alles anvertrauen konnte. Sie sagte: «Ich weiß nicht, was ich tun soll.»

«Gibt es irgendeinen Grund, warum Sie ihn nicht heiraten wollen?»

«Keinen triftigen. Ich meine, wir sind beide frei, keiner von uns ist anderweitig gebunden. Außer an unsere Jobs.»

«Und die sind?»

«Tony ist Manager in einem Londoner Hotel. Und ich arbeite in einem Verlag.»

«Vielleicht ist Ihnen Ihre Karriere wichtig?»

«Ja, das ist sie. Aber so wichtig nun auch wieder nicht. Ich meine, ich könnte ja nach der Hochzeit weiter arbeiten. Wenigstens bis Kinder kommen.»

«Vielleicht... sind Sie nicht bereit, den Rest Ihres Lebens mit ihm zu verbringen?»

«Doch, gern. Und das macht mir so angst. Man wird doch Teil eines anderen Menschen... verliert die eigene Identität. Tonys Eltern haben sich scheiden lassen, da war er fünfzehn. Aber meine Eltern haben alles zusammen gemacht, sind immer füreinander dagewesen. Wenn sie getrennt waren, haben sie jeden Tag telefoniert. Und dann hatte mein Vater einen Herzanfall und ist gestorben, und meine Mutter stand allein da. Sie war erst fünfzig. Früher war sie für Familie und Freunde ein Fels in der Brandung, doch dann ist sie einfach… zerbrochen. Wir dachten, wenn die Trauerzeit vorbei ist, besinnt sie sich wieder und macht einen neuen Anfang, aber es ist anders gekommen. Sie hat einfach aufgehört zu leben, als mein Vater gestorben ist. Ich liebe sie sehr, aber ich halte es bei dieser unglücklichen Frau einfach nicht aus.»

«Das tut mir leid», sagte Mrs. Renwick. «Doch leider müssen wir uns alle einmal trennen. Ich bin jetzt sechzig, und mein Mann ist fünfundsiebzig. Es hieße, den Kopf in den Sand zu stecken, wollten wir so tun, als hätten wir noch viele Jahre vor uns, und gerechnet an der durchschnittlichen Lebenserwartung werde ich diejenige sein, die allein bleibt. Ich habe jedoch herrliche Erinnerungen, und Alleinsein hat mir noch nie etwas ausgemacht. Ich bin schließlich ich selber. Bin es immer gewesen. Ich liebe Arnold innig, aber ich habe nie ständig mit ihm zusammensein wollen. Darum sitze ich jetzt ja auch hier und trabe nicht den Fairway entlang, spiele die Märtyrerin und sehe mir an, wie der seine ganzen Putts verfehlt.»

«Haben Sie nie Golf gespielt?»

«Du liebe Zeit, nein. Ich bin schrecklich unsportlich. Aber zum Glück habe ich als Kind Klavierunterricht gehabt. Sehr gut spiele ich allerdings nicht. Nicht gut genug jedenfalls, um damit aufzutreten. Meistens habe ich nur für mich selbst gespielt. Das war mein ganz privater Bereich. Ich habe mir Zeit für mich selbst genommen. Daraus habe ich mein Leben lang viel Kraft geschöpft, und das bleibt mir erhalten, was auch immer geschieht. Ich habe Glück gehabt. Aber es gibt ja noch mehr. Eine meiner Freundinnen hat keine besonderen Begabungen, aber sie macht jeden Nachmittag einen Spaziergang mit ihrem Hund. Sie geht allein und bei Wind und Wetter, eine geschlagene Stunde lang. Niemand darf sie begleiten. Sie versichert mir, es hat ihr mehr als einmal geholfen, als sie dabei war, den Verstand zu verlieren.»

Eleanor sagte: «Wenn ich nur sicher wäre, ich werde so und nicht wie meine Mutter...»

Mrs. Renwick blickte sie lange und abschätzend an. «Sie wollen diesen jungen Mann heiraten?» Nach einem Weilchen nickte Eleanor. «Dann heiraten Sie ihn! Sie sind viel zu intelligent, um sich von irgendeinem Mann erdrücken zu lassen, und schon gar nicht von dem gutaussehenden Burschen, der Sie offensichtlich anbetet.» Sie beugte sich vor und legte ihre Hand auf Eleanors. «Nur nicht vergessen, Sie müssen sich Ihre eigene, private Welt schaffen. Geistig unabhängig bleiben. Und er wird Sie dafür achten und Ihnen dafür dankbar sein, und es wird Ihr gemeinsames Leben unendlich interessanter machen und bereichern.»

«Wie Ihr Leben», sagte Eleanor.

«Was wissen Sie schon über mein Leben.»

«Sie sind vierzig Jahre verheiratet und lachen immer noch mit Ihrem Mann.»

«Ist es das, was Sie wollen?» fragte Mrs. Renwick.

Nach einem Weilchen sagte Eleanor: «Ja.»

«Warum greifen Sie dann nicht mit beiden Händen zu? Nehmen Sie Ihr Leben in die eigene Hand. Ich glaube, jetzt sehe ich Ihren Tony, ganz hinten, am Ende des Fairways. Warum gehen Sie ihm nicht entgegen?»

Eleanor sah hin. Sah in der Ferne zwei Gestalten herankommen – eine davon unverkennbar Tony. Lächerlich, wie aufgeregt sie war. «Vielleicht – ja», sagte sie.

Sie stand auf, zögerte, drehte sich zu Mrs. Renwick um und gab ihr einen Kuß auf die Wange. «Danke», sagte sie.

Sie ging die Stufen des Sommerhäuschens hinunter, überquerte den Kies und trat auf den federnden Rasen des Fairways. Tony, hinten in der Ferne, sah sie und winkte. Sie winkte zurück und fing an zu laufen, als gelte es, keine einzige Minute zu verpassen, selbst wenn sie den Rest ihres Lebens zusammen verbringen wollten.

Liebe im Spiel

Das hier war also der richtige Beginn ihres gemeinsamen Lebens. Die Flitterwochen waren vorüber und vorbei. An diesem Morgen war Julian wieder zur Arbeit in sein Londoner Büro gegangen und befand sich jetzt auf dem Heimweg nach Putney. Wie ein langgedienter Ehemann kramte er in seiner Tasche nach dem Hausschlüssel, aber Amanda machte die Tür auf, ehe er dazu kam, ihn ins Schlüsselloch zu stecken; doch was jetzt passierte, übertraf alles: Er betrat sein eigenes Haus, machte seine eigene Haustür hinter sich zu und nahm seine eigene Frau in die Arme.

Als sie wieder Luft bekam, sagte sie: «Du hast noch nicht mal den Mantel ausgezogen.»

«Keine Zeit.»

Aus der Küche kam ein köstlicher Duft. Über ihre Schulter hinweg sah er den gedeckten Tisch in der kleinen Diele, die ihnen als Speisezimmer diente. Die Gläser und Sets und das silberne Besteck, das sie von seiner Mutter zur Hochzeit bekommen hatten, schimmerten im sanften Licht.

«Aber Schatz...»

Er spürte Amandas Rippen, ihre schmale Taille, die Rundung ihres properen verlängerten Rückens. Er sagte: «Sei still. Merkst du denn nicht, daß ich nur Zeit fürs Wesentliche habe...»

Am nächsten Morgen klingelte Julians Bürotelefon. Tommy Benham. «Schön, daß du wieder im Lande bist, Julian. Was ist mit Samstag in Wentworth? Ich habe mich schon mit Roger und Martin abgesprochen, um zehn soll's losgehen.»

Julian antwortete nicht gleich.

Amanda war sich im klaren über Tommy und Golf. Vor ihrer Verlobung und danach hatte sie die Tatsache, daß die Samstage und manchmal auch die Sonntage dem Golfspiel gehörten, mit Gleichmut hingenommen. Aber dieser Samstag war der erste ihres gemeinsamen Lebens, und vielleicht wollte sie den mit ihm verbringen.

«Ich... ich weiß nicht recht, Tommy.»

Tommy war entrüstet. «Was soll das heißen, du weißt nicht recht? Du kannst doch deinen Lebensstil nicht einfach ändern, bloß weil du eine Frau hast! Außerdem hat's ihr früher nichts ausgemacht, warum also jetzt?»

Ein gutes Argument. «Vielleicht sollte ich ein Wort mit...»

«Wer nicht diskutiert, kriegt auch keinen Streit. Stell sie vor die vollendete Tatsache. Kannst du um zehn dasein?»

«Ja, natürlich, aber...»

«Schön, wir erwarten dich. Wiedersehen.»

Und Tommy legte auf.

An diesem Abend machte Julian auf dem Heimweg halt und kaufte seiner Frau Blumen.

‹Die werden ihr gefallen›, dachte er und war sehr zufrieden.

‹Sie riecht den Braten, sowie sie die sieht›, höhnte eine innere Stimme. ‹Sie muß annehmen, daß du mit einer von den Tippsen geflirtet hast.›

‹Lachhaft. Sie weiß, daß ich am Wochenende immer Golf spiele. Und Tommy hat recht. Stell sie vor vollendete Tatsachen. Heiraten bedeutet nicht, daß man seinen Lebensstil ändert. Kompromisse, ja, aber keine völlige Umstellung der Gewohnheiten.›

‹Wer muß denn hier Kompromisse machen?› höhnte die Stimme. ‹Sie oder du?›

Darauf gab Julian keine Antwort.

Am Ende war er vollkommen ehrlich. Er fand eine verdreckte Amanda im Garten, der das Haar ins Gesicht fiel.

Julian zauberte die Blumen mit dem Schwung des erfolgreichen Zauberkünstlers hinter dem Rücken hervor.

«Die hab ich dir mitgebracht», sagte er, «weil ich mir so gemein vorkomme. Tommy hat heute morgen angerufen, und ich habe ihm versprochen, daß ich Samstag mit ihm Golf spiele, und seitdem habe ich ein schlechtes Gewissen.»

Sie hatte das Gesicht in die Blüten gesteckt. Jetzt blickte sie erstaunt auf und lachte. «Aber warum denn, Schatz?»

«Macht es dir nichts aus?»

«Also, das erste Mal ist es nun wirklich nicht!»

Oh, wie er sie liebte. Er nahm sie in die Arme und küßte sie leidenschaftlich.

Samstag war herrliches Wetter. Die Sonne strahlte nur so auf Wentworth herunter, und die Fairways erstreckten sich einladend und samtig vor ihnen. An solch einem Tag konnte Julian, der mit Tommy zusammen spielte, überhaupt keinen Fehler machen.

Auf der Heimfahrt hatte er den Kopf voller netter, groß-
herziger Gedanken. Er fand, er sollte Amanda zum Essen aus-
führen, aber als er aus dem Auto stieg, da hatte sie schon ihre
Spezial-Moussaka gemacht, also aßen sie zu Haus.

Amanda trug den kanariengelben Kaftan, den er ihr in den
Flitterwochen in New York gekauft hatte, und das Haar fiel
ihr wie ein heller seidiger Vorhang auf die Schultern.

Sie sagte: «Soll ich uns Kaffee machen?»

Er streckte die Hand aus und berührte die Spitzen dieser
blonden Haare. «Später.»

Am nächsten Samstag spielte er wieder Golf und am über-
nächsten auch. Das darauffolgende Wochenende wechselten
sie zu Sonntag über, aber die Umstellung nahm er leichten
Herzens in Kauf.

«Ist nichts mit Samstag», sagte er zu Amanda, als er heim-
kam. «Statt dessen spielen wir Sonntag.»

«Sonntag?»

«Ja.» Er schenkte ihnen Drinks ein und ließ sich mit der
Abendzeitung in den Sessel fallen.

«Warum Sonntag?»

Er war so vertieft in die Aktiennotierungen, daß ihm ein
gewisser Tonfall in ihrer Stimme entging.

«Hmm? Ach, Tommy kann Samstag nicht.»

«Ich habe aber für Sonntag bei meinen Eltern zugesagt.»

«Was?» Sie hörte sich überhaupt nicht böse an, sondern
nur höflich. «Oh, tut mir leid. Aber die verstehen das schon.
Ruf sie an und sag, wir kommen an einem anderen Wochenende.» Er kehrte zu seinen Aktiennotierungen zurück, und
Amanda sagte nichts mehr.

Der Sonntag war ein Reinfall. Es regnete ununterbrochen, Tommy hatte einen Kater vom vorherigen Abend, und Julian spielte so schlecht, daß er schon dem Spiel für immer abschwören und eine andere Sportart aufnehmen wollte. Finster und übellaunig kehrte er nach Haus zurück, und seine Laune besserte sich auch nicht, als er das Haus leer vorfand.

Ziellos wanderte er durch die Zimmer und ging schließlich nach oben und badete. Als er in der Wanne saß, kam Amanda heim.

«Wo bist du gewesen?» wollte er zornig wissen.

«Zu Hause. Ich hab doch gesagt, ich will meine Eltern besuchen.»

«Wie bist du hingekommen? Ich meine, wo ich das Auto hatte.»

«Hin mit dem Zug, und zurück hat mich jemand netterweise mitgenommen.»

«Ich wußte nicht, wo du bist.»

«Na schön, dann weißt du's jetzt, oder?» Sie gab ihm einen lahmen Kuß. «Und erzähl mir bloß nicht, wie dein Tag war, ich weiß es nämlich. Gräßlich.»

Er war entrüstet. «Woher willst du das wissen?»

«Weil ich ohne ein Leuchten in deinen Augen, ohne Schweifwedeln empfangen werde.»

«Was gibt's zum Abendessen?»

«Rührei.»

«Rührei? Ich bin am Verhungern. Ich hatte zu Mittag nur ein Sandwich.»

«Ich meinerseits hatte ein richtiges Mittagessen und bin überhaupt nicht hungrig. Rührei», sagte sie und machte die Tür hinter sich zu.

Das war dann wohl ihr erster Ehekrach. Kein richtiger Krach, sondern nur Kälte zwischen ihnen. Aber es reichte, daß er sich scheußlich fühlte, und am nächsten Tag kaufte er auf dem Heimweg wieder einmal Blumen, und sie liebten sich, kaum daß er nach Haus gekommen war, und später ging er mit ihr essen.

Danach war alles wieder gut. Als Tommy anrief und sich zum nächsten Spiel für Samstag verabredete, stimmte Julian freudig zu.

An diesem Abend hockte Amanda oben auf einer Trittleiter im Badezimmer, wo sie die Decke weiß tünchte.

«Um Himmels willen, sei vorsichtig.»

«Bin ich auch.» Sie beugte sich herunter, damit er ihr einen Kuß geben konnte. «Findest du nicht, daß es so besser aussieht?» Beide musterten die Decke. «Und dann streiche ich die Wände, glaube ich, hellgelb, damit sie zur Badewanne passen, und dazu könnten wir einen grünen Badevorleger kaufen.»

«Einen Badevorleger?»

«Was klingst du so entgeistert. Wir können ja einen billigen nehmen. In der High Street gibt es ein Sonderangebot, laß uns Samstag hingehen und es ansehen.»

Sie machte sich wieder an die Arbeit. Eine lange Pause. Julian fühlte sich in die Enge getrieben und versuchte, die Situation im Griff zu behalten.

Ruhig sagte er: «Samstag kann ich nicht. Ich spiele Golf.»

«Ich dachte, du spielst jetzt sonntags Golf.»

«Nein. Nur letzte Woche.»

Eine weitere Pause. Amanda sagte: «Ach so.»

An diesem Abend redete sie kaum noch mit ihm. Und

wenn, dann ganz höflich. Nach dem Abendessen gingen sie ins Wohnzimmer, und sie schaltete den Fernseher ein. Er schaltete ihn aus und sagte: «Amanda.»

«Ich möchte das sehen.»

«Das geht nicht, weil wir jetzt miteinander reden.»

«Ich will aber nicht.»

«Na schön, dann rede eben ich allein. Ich bin nun mal kein Ehemann, der samstags morgens mit seiner Ehefrau einkaufen geht und sonntags nachmittags den Rasen mäht. Ist das ganz klar?»

«Das heißt also, daß ich einkaufen und den Rasen mähen muß.»

«Das kannst du halten, wie du willst. Wir sehen uns jeden Tag…»

«Was glaubst du, was ich tue, wenn du den ganzen Tag über im Büro bist?»

«Du brauchst gar nichts zu tun. Du hast einen tollen Job gehabt, aber den hast du aufgegeben, weil du unbedingt Hausfrau sein wolltest.»

«Na und? Heißt das etwa, daß ich den Rest meines Lebens allein verbringen und meine Pläne deinem blöden Golfspiel unterordnen muß?»

«Was willst du dagegen machen?»

«Es ist mir egal, was ich mache – Hauptsache, ich muß es nicht allein machen. Kapierst du das? Ich will es nicht allein machen!»

Dieses Mal war es ein richtiger Krach, ein bitterböser Krach. Morgens klaffte immer noch eine Kluft zwischen ihnen. Er küßte sie zum Abschied, aber sie wandte den Kopf ab, und er ging wütend zur Arbeit.

Der Tag zog und zog sich dahin, ein frustrierender Arbeitstag, an dem ihn alles reizte und nervte. Als er zu Ende ging, spürte Julian, daß er mit einem ruhigen und verständnisvollen Menschen reden mußte. Einem alten und weisen Menschen, der ihm Rückhalt geben konnte.

Es gab nur einen Menschen, der dafür in Frage kam, und Julian machte sich auf den Weg zu ihm. Zu seiner Patentante.

«Julian», sagte sie. «Was für eine Überraschung!

Er sah sie liebevoll an. Sie war hoch in den Sechzigern, aber so hübsch und lebendig wie eh und je. Sie war eine Freundin seiner Mutter und nicht verwandt mit ihm, aber er hatte sie immer Tante Nora genannt. Nora Stockforth.

Er erzählte ihr alles. Von den Flitterwochen in New York, von dem neuen Haus.

«Und wie geht es Amanda?»

«Gut.»

Tante Nora schenkte ihm noch einmal das Glas voll. Dann setzte sie sich wieder, blickte auf, und ihre Blicke trafen sich. Sie sagte sanft. «Das hört sich nicht danach an, als ginge es ihr gut.»

«Tut es aber. Bloß daß sie…»

Und dann platzte er mit allem heraus. Er erzählte ihr von Tommy und dem wöchentlichen Golfspiel. Er erzählte ihr, daß Amanda immer Bescheid gewußt und es ihr nie etwas ausgemacht habe. «Aber jetzt…»

«Jetzt macht es ihr etwas aus.»

«Einfach lachhaft. Ein einziger Tag in der Woche. Und sie will gar nichts Besonderes machen, sie will es nur nicht allein machen.»

Tante Nora sagte: «Hoffentlich bittest du mich nicht, dazu Stellung zu nehmen.»

Julian runzelte die Stirn. «Was meinst du damit?»

«Ich denke nicht im Traum daran, Partei zu ergreifen. Aber ich finde es richtig, daß du zu mir gekommen bist und mit mir geredet hast. Manchmal hilft allein das schon, damit man nicht überreagiert.»

«Und du glaubst, das ist bei mir der Fall?»

«Nein, ganz und gar nicht. Aber ich glaube, du mußt einen längeren Atem haben. Eine Ehe ist für mich immer wie ein neugeborenes Kind. Die ersten zwei Jahre muß man es hätscheln und liebhaben und ihm Sicherheit geben. Im Augenblick habt ihr beiden, du und Amanda, an nichts weiter zu denken als an euch. Das ist die Zeit, in der man sein gemeinsames Leben gestaltet, damit man in schlechten Zeiten – und die kommen bestimmt – etwas hat, an das man sich erinnern kann, was die Ehe zusammenhält.»

«Dann findest du mich also selbstsüchtig?»

«Ich habe doch schon gesagt, daß ich nicht Stellung nehme.»

«Du findest also, sie beschwert sich zu Recht?»

Tante Nora lachte. «Ich finde, solange sie sich noch beschwert, brauchst du dir keine Sorgen zu machen. Erst wenn sie's nicht mehr tut, steht dir Ärger ins Haus.»

Er stellte sein Glas hin. «Was für Ärger denn?»

«Darauf mußt du selber kommen. Und jetzt solltest du lieber gehen, sonst denkt Amanda noch, es ist ein schrecklicher Unfall passiert.» Sie standen auf. «Besuch mich mal wieder, Julian. Und bring nächstesmal Amanda mit.»

Er war immer noch nachdenklich, als er nach Haus kam.

Amanda machte die Tür auf, ehe er überhaupt Zeit hatte, nach seinen Schlüsseln zu kramen, und da standen sie und blickten sich mit ernster Miene an.

Dann lächelte sie. «Hallo.»

Alles war gut. «Schätzchen.» Er trat ins Haus und küßte sie. «Es tut mir so leid.»

«Ach, Julian, mir tut's auch so leid. Hast du einen schönen Tag gehabt?»

«Nein – aber jetzt ist alles wieder gut. Ich komme so spät, weil ich auf dem Nachhauseweg Tante Nora besucht habe. Sie läßt natürlich schön grüßen.»

Später sagte Amanda ganz nebenbei: «Könnte ich morgen das Auto haben?»

«Ja, klar doch. Hast du was Besonderes vor?»

«Nein», sagte sie, ohne ihn anzusehen. «Es könnte nur sein, daß ich es brauche, mehr nicht.»

Er wartete, daß sie mehr erzählte, aber sie sagte nichts weiter. Wozu wollte sie das Auto haben? Vielleicht um mit einer Freundin in der Stadt Mittag zu essen.

Als er am nächsten Abend nach Haus kam, saß Amanda in ihren schicksten Sachen im Wohnzimmer vor dem Fernseher.

Er fragte: «Na, wie war's?» und wartete, daß sie ihm von ihrem Tag erzählte.

Aber sie sagte nur: «Schön.»

«Möchtest du einen Drink?»

«Nein, danke.»

Sie schien so in das Programm vertieft, daß er in die Küche ging, um sich ein Bier zu holen. Als er den Kühlschrank aufmachte, fielen ihm auf einmal siedend heiß Tante Noras

Worte ein: ‹Wenn sie sich nicht mehr beschwert, steht dir Ärger ins Haus.›

Offensichtlich hatte Amanda aufgehört, sich zu beschweren. Was war anders an ihr? Und wieso diese Aufmachung?

Er prüfte das Eis vorsichtig und fragte: «Was macht das Badezimmer?»

«Ich hatte heute keine Zeit dafür.»

«Willst du immer noch den Vorleger kaufen? Vielleicht könnte ich Tommy anrufen, daß er jemand anders bittet, Samstag mit ihm Golf zu spielen.»

Amanda lachte. «Ach, das macht doch nichts. Hat keinen Zweck, alles wieder umzuschmeißen.»

«Aber...»

«Und überhaupt», unterbrach sie sein aufopferungsvolles Angebot, ohne überhaupt zuzuhören, «habe ich Samstag wahrscheinlich was vor.» Sie sah auf ihre Uhr. «Wann möchtest du essen?»

Er wollte nichts essen. Sein Magen war ein großes Loch, in dem ein furchtbarer Argwohn wühlte. Es machte ihr nichts mehr aus, wenn er sie samstags allein ließ. Sie hatte sich auf eigene Faust etwas vorgenommen... Eine Verabredung? Ein Rendezvous?

Aber sie doch nicht... nicht seine Amanda.

Und warum nicht? Sie war jung und attraktiv. Ehe sie Julian endlich erhörte, hatten die jungen Männer Schlange gestanden, um mit ihr auszugehen.

«Julian, ich habe dich gefragt, wann du essen möchtest.»

Er starrte sie an, als ob er sie noch nie im Leben gesehen hätte. Trotz des unerwarteten Kloßes in seinem Hals brachte er heraus: «Wann du willst.»

Es war lachhaft, aber er sehnte sich geradezu nach einer Erkältung, einer Grippe – was auch immer, Hauptsache, er hatte eine hieb- und stichfeste Ausrede, um Samstag nicht in Wentworth Golf spielen zu müssen. Aber Pech, ihm fehlte überhaupt nichts. Als er ging, lag Amanda noch im Bett, was ganz untypisch war.

Er spielte wie im Vollrausch. Schließlich hielt es Tommy nicht länger, und er fragte: «Ist was?»

«Hmm. Nein.»

«Du bist ganz weggetreten. Wir hinken nämlich sieben hinterher.»

Sie wurden natürlich haushoch geschlagen, was Tommy gar nicht gefiel. Noch viel weniger gefiel es ihm, daß Julian keine zweite Runde spielen wollte und sagte, er fahre jetzt nach Haus.

«Also ist doch was», sagte Tommy.

«Wieso sollte was sein?»

«Ich finde, du siehst schon aus wie ein richtiger Ehemann. Amanda macht doch nicht etwa Theater? Sieh zu, daß du die Oberhand behältst, Julian.»

‹Blöder Kerl›, dachte Julian, als er nach London zurück- brauste. ‹Was weiß der schon? Ich und wie ein Ehemann aus- sehen, daß ich nicht lache. Wie soll ich denn sonst aussehen, etwa wie Miss World?›

Aber als er schließlich in ihre schmale, baumbestandene Straße einbog, verpuffte sein aufgeputschter Heldenmut. Denn das Haus war leer.

Er sah auf seine Uhr. Vier. Was machte sie? Wo war sie? Sie hätte ihm ruhig einen Zettel hinlegen können, aber er fand keinen. Nur der Kühlschrank summte, und es roch nach Möbelpolitur.

Er dachte: ‹Sie kommt nicht wieder.› Allein schon bei dem Gedanken lief es ihm kalt den Rücken hinunter, und er zitterte. Keine Amanda mehr. Kein Lachen mehr, kein umgegrabener Garten mehr, kein Krach mehr. Aus, Schluß mit der Liebe.

Er hatte seine Golfschläger am Fuß der Treppe fallen lassen. Jetzt stieg er über sie hinweg und setzte sich auf die unterste Stufe, denn wohin hätte er sich sonst setzen sollen

Er dachte zurück. Da war der Sonntag, an dem sie zum Mittagessen zu ihren Eltern gefahren und nach Haus gebracht worden war... Wer hatte sie gebracht? Julian hatte nicht nachfragen mögen, aber jetzt wußte er, es war Guy Hanthorpe gewesen.

Guy Hanthorpe, Amandas treuster Freund. Er kannte sie von Kindesbeinen an, denn beider Eltern wohnten auf dem Land und waren Nachbarn. Er war ein erfolgreicher Makler, und distinguiert obendrein. Julian, der untersetzt und dunkel war, hatte den hochgewachsenen blonden Guy von Anfang an nicht leiden können.

Und da hockte er immer noch auf der untersten Treppenstufe, es dämmerte schon, und er rauchte sich dumm und dämlich und dachte sich die herzbeklemmendsten Dinge aus, als er ein Auto auf der Straße kommen hörte.

Es hielt vor dem Haus, Türen gingen auf und zu, und dann hörte er Stimmen und Schritte auf dem Gartenweg.

Er kam hoch und riß die Tür auf.

Amanda. Und Guy.

«Schatz, du bist schon da!» Amanda staunte.

Julian sagte kein Wort. Er stand einfach da und blickte Guy an und merkte, daß ihm die Wut den Brustkasten wie mit einem Schraubstock zusammenpreßte. Am liebsten wäre er auf Guy losgegangen; er sah sich schon zuschlagen wie in einem Actionfilm, in Zeitlupe. Er sah seine Hand hochschnellen und in Guys freundliches Gesicht schmettern. Sah, wie Guy zu Boden ging, besinnungslos zusammenbrach und im Fall mit dem Kopf aufschlug; wie er bewußtlos auf dem Pflaster lag und Blut aus seinem Mund, aus der gräßlichen Kopfwunde rann …

«Hallo, Julian», sagte Guy, und Julian zwinkerte und staunte, weil er Guy am Ende doch nicht zusammengeschlagen hatte.

«Wo bist du gewesen?» fragte er Amanda.

«Bei meiner Mutter. Und Guy besuchte seine Mutter, und da hat er mich nach Haus gebracht.» Julian sagte nichts.

Gereizt fuhr Amanda fort: «Dürften wir wohl reinkommen? Es ist ziemlich kühl, und es fängt an zu nieseln.»

«Ja. Ja, natürlich.»

Er trat beiseite, aber Guy sagte: «Lieber nicht, danke.» Er sah auf seine Uhr. «Ich esse heute abend auswärts, da wird es Zeit, daß ich nach Haus komme und mich umziehe. Ich verabschiede mich also lieber. Wiedersehen Amanda.» Er gab ihr ein Küßchen auf die Wange, winkte Julian zu und lief mit langen Schritten den Weg hinunter.

Amanda rief ihm nach: «Auf Wiedersehen, und vielen Dank fürs Mitnehmen.»

Sie stand in der Diele und sah den Beutel mit den Golfschlägern am Fuß der Treppe. Die nicht zugezogenen Vorhänge. Und Julian.

Sie sagte: «Ist was?»

«Nein, nichts», gab er etwas bissig zurück. «Nichts. Nur daß ich dachte, du kommst nie wieder.»

«Nie wieder…? Bist du nicht ganz bei Trost?»

«Ich dachte, du wärst mit Guy zusammen.»

«War ich auch.»

«Ich meine, den ganzen Tag.»

Sie lachte, hörte aber jäh auf. «Julian, ich hab's dir doch gesagt. Ich bin bei meiner Mutter gewesen.»

«Das hast du mir heute morgen nicht gesagt. Und wo warst du an dem Tag, als ich nach Haus gekommen bin und du ganz aufgedonnert warst und nach Parfüm gestunken hast?»

«Wenn du so bist, sage ich gar nichts.»

«Und ob du was sagst!» brüllte er.

Danach herrschte schreckliche Stille. Dann sagte Amanda sehr ruhig: «Ich habe das Gefühl, wir sollten beide tief Luft holen und noch einmal von vorn anfangen.»

Julian holte tief Luft. «In Ordnung», sagte er. «Du fängst an.»

Sie sagte: «Damals bin ich für einen Tag nach Haus gefahren. Ich habe das Auto gebraucht, weil ich zum Arzt wollte. Mein Krankenschein liegt noch immer bei unserem Hausarzt, und in London habe ich noch keinen Arzt. Ich habe mich aufgedonnert, weil ich die dreckigen Malerklamotten satt hatte und weil meine Mutter es mag, wenn ich mich schick mache. Und heute bin ich hin, weil ich noch einmal zum Arzt mußte, er wollte noch einen Test machen, um ganz sicher zu sein.»

Mußte sie sterben? «Ganz sicher, weswegen?»

«Und weil du das Auto hattest, mußte ich den Zug nehmen, und Guy hat mich netterweise zurückgebracht wie schon mal, und was tust du, stehst da und frißt ihn fast auf. Ich habe mich selten so geschämt.»

«Amanda? Was hat der Arzt gesagt?»

«Daß ich ein Kind kriege, natürlich.»

«Ein Kind!» Er suchte nach Worten. «Aber wir haben doch eben erst geheiratet!»

«Wir sind fast vier Monate verheiratet. Und unsere Flitterwochen waren sehr lang…»

«Aber wir wollten doch nicht…»

«Ich weiß, daß wir noch nicht wollten.» Das hörte sich ganz nach Tränen an. «Aber es ist nun mal passiert, und wenn du weiter in diesem Ton mit mir sprichst…»

«Ein Kind», wiederholte er, und dieses Mal hörte er sich erstaunt an. «Du bekommst ein Kind! Ach, Schatz, du bist die wunderbarste Frau auf der ganzen Welt.»

«Und du bist nicht böse?»

«Böse? Ich bin ganz aus dem Häuschen!» Verwundert merkte er, daß es sogar stimmte.

«Ob unser Haus groß genug ist für drei?»

«Natürlich.»

«Ich möchte nämlich nicht umziehen. Unser kleines Haus…»

«Wir ziehen auch nicht um. Wir bleiben für immer hier und kriegen eine Riesenfamilie und haben den ganzen Gartenweg entlang Kinderwagen stehen.»

Sie sagte: «Ich wollte dir nichts davon erzählen, weil ich selber nicht ganz sicher war und noch ein Weilchen abwarten wollte.»

«Ist doch nicht mehr wichtig. Nichts ist mehr wichtig, nur dies…»

Und es stimmte. An diesem Abend kochte Julian für Amanda, und sie aßen vor dem Kamin von einem Tablett, und sie legte die Füße auf dem Sofa hoch, weil das angeblich alle werdenden Mütter machten.

Und als es schließlich Zeit war, zu Bett zu gehen, schloß Julian überall ab, legte seiner Frau den Arm um die Schultern und geleitete sie zärtlich zur Treppe.

Seine kostbare Tasche mit den Golfschlägern lag immer noch da, wo er sie hatte fallen lassen, doch er schob sie mit dem Fuß beiseite und ließ sie liegen. Die konnte er immer noch wegräumen…

Ein Tag zu Hause

Nach einer Geschäftsreise, die fünf europäische Hauptstädte, sieben Mittagessen mit Direktoren und zahllose auf Flughäfen verbrachte Stunden umfaßte, flog James Harner an einem Mittwochnachmittag Anfang April aus Brüssel in Heathrow ein. Natürlich regnete es. Er war am Vorabend erst gegen zwei Uhr ins Bett gekommen, seine pralle Aktenmappe wog schwer wie Blei, und obendrein schien er sich erkältet zu haben.

Robert, der Fahrer der Werbeagentur, holte ihn am Flughafen ab, und Roberts glattrasiertes Gesicht war das erste Erfreuliche, was James an diesem Tag zu sehen bekam. Robert hatte seine Schirmmütze auf, nahm James seinen Koffer ab und sagte, er hoffe, er habe eine angenehme Reise gehabt.

Sie fuhren direkt zum Büro. Nachdem James einen flüchtigen Blick auf seinen Schreibtisch geworfen und seiner Sekretärin den kleinen Flakon zollfreies Parfüm überreicht hatte, der ihr zustand, ging er durch den Flur zu seinem Chef.

«James! Na großartig, komm rein, alter Junge. Wie ist es gelaufen?»

Sir Osborne Baske war nicht nur James' Vorgesetzter, sondern auch sein alter, hochgeschätzter Freund. Deswegen erübrigten sich förmliche Artigkeiten oder höfliches Geplauder, und binnen einer halben Stunde hatte James ihn mehr oder weniger knapp informiert: welche Firma Interesse gezeigt, welche sich abwartend verhalten hatte. Das Beste hob er bis zuletzt auf – nämlich die zwei bedeutenden Abschlüsse, die er in der Tasche hatte: eine schwedische Firma, die vorfabrizierte zerlegbare Möbel herstellte, Qualitätsware, aber in der unteren Preisklasse, und ein etablierter dänischer Silberschmiedebetrieb, der vorsichtig in alle Märkte der EG expandierte.

Sir Osborne war mithin begeistert und konnte es nicht erwarten, den übrigen Direktoren die guten Nachrichten mitzuteilen. «Dienstag haben wir Vorstandssitzung. Kannst du bis dahin einen vollständigen Bericht fertig haben? Wenn möglich, bis Freitag. Allerspätestens Montag.»

«Wenn morgen nicht viel los ist, könnte ich ihn Freitag morgen tippen lassen, und Freitag nachmittag haben ihn alle auf dem Tisch.»

«Hervorragend. Dann können sie ihn sich übers Wochenende zu Gemüte führen, wenn sie nicht Golf spielen. Und ...» Er hielt taktvoll inne, während James, den plötzlich ein quälendes Niesen überkam, nach seinem Taschentuch fummelte, geräuschvoll hineinnieste und sich die Nase putzte. «... Hast du dich erkältet, alter Knabe?»

Es hörte sich ängstlich an, so, als ob James ihn schon angesteckt haben könnte. Er hielt nichts von Erkältungen, ebensowenig wie er Körperfülle, gehaltvolle Geschäftsessen oder Herzanfälle schätzte.

«Ich hab mir scheint's 'nen Schnupfen eingefangen», gab James zu.

«Hmm.» Der Chef überlegte. «Ich will dir was sagen, bleib doch morgen zu Hause, ja? Du siehst ziemlich fertig aus, und du kannst den Bericht in Ruhe schreiben, ohne daß du dauernd unterbrochen wirst. So hast du auch mehr von Louisa, nachdem du so lange weg warst. Was meinst du?»

James antwortete, es sei eine glänzende Idee, und er meinte es ernst.

«Also abgemacht.» Sir Osborne stand auf und beendete das Gespräch abrupt, bevor noch mehr Bazillen in die sterile Luft seines erlesen ausgestatteten Büros entlassen werden konnten. «Wenn du jetzt losfährst, kannst du vor der schimmsten Stoßzeit zu Hause sein. Wir sehen uns Freitag morgen. Und ich an deiner Stelle würde mich vor dem Schnupfen vorsehen. Whisky mit Zitrone, heiß getrunken, als letztes am Abend. Was Besseres gibt es nicht.»

Als James und Louisa vor vierzehn Jahren heirateten, hatten sie in London in einer Souterrainwohnung in South Kensington gewohnt, aber als Louisa mit dem ersten ihrer beiden Kinder schwanger wurde, hatten sie beschlossen, aufs Land zu ziehen. Mit ein wenig finanzieller Jonglierarbeit war ihnen das gelungen, und James hatte es keine Sekunde bereut. Die einstündige Fahrt täglich zur Arbeit und zurück schien ihm ein geringer Preis für das Refugium des alten roten Ziegelhauses mit dem großen Garten und für die schlichte allabendliche Freude des Nachhausekommens. Das Pendeln, selbst auf den vollgestopften Straßen, schreckte ihn nicht ab. Im Gegenteil, die Stunde im Auto, die er mit sich allein war, war seine Zeit des Abschaltens, wenn er die Probleme des Tages hinter sich ließ.

Wenn er im Winter bei Dunkelheit in seine Zufahrt einbog, sah er durch die Bäume das Licht über seiner Haustür brennen. Im Frühling war der Garten mit Narzissen übersät; im Sommer freute James sich auf den langen, trägen Abend. Duschen, ein Hemd mit offenem Kragen und Espadrilles anziehen, Drinks auf der Terrasse unter den rauchblauen Blüten der Glyzine, dazu das Gurren der Ringeltauben aus dem Buchenhain am Ende des Gartens.

Die Kinder fuhren mit ihren Rädern über den Rasen und schwangen sich auf die Strickleiter, die von ihrem Baumhaus herunterhing, und am Wochenende war das Grundstück meistens von Freunden bevölkert, Nachbarn oder Flüchtlingen aus London, die ihre Familien und ihre Hunde mitbrachten; alles lümmelte sich mit der Sonntagszeitung in Sesseln oder erging sich in freundschaftlichen Puttingwettkämpfen auf dem Rasen.

Und der Mittelpunkt von alledem war Louisa. Louisa, die James immer wieder in Erstaunen setzte, denn als er sie heiratete, hatte er nicht im geringsten geahnt, als was für ein Mensch sie sich entpuppen würde. Sanft und anspruchslos, hatte sie im Laufe der Jahre einen nahezu unheimlichen Instinkt dafür an den Tag gelegt, was ein Haus behaglich machte. Hätte man ihn gebeten, dies genauer zu erläutern, James hätte passen müssen. Er wußte nur, daß das Haus, obwohl häufig die Spielsachen, Schuhe und Zeichnungen der Kinder herumlagen, ein friedliches, heimeliges Ambiente hatte. Immer waren Blumen da, Lachen erfüllte das Haus, und immer gab es genug zu essen für die unerwarteten Gäste, die beschlossen hatten, zum Abendessen zu bleiben.

Das wahre Wunder aber war, daß all dies so unaufdringlich passierte. James kannte Familien, wo die Frau des Hauses den ganzen Tag mit abgehärmtem Gesicht herumlief, ununterbrochen putzte und aufräumte, sich in die Küche zurückzog und erst zwei Minuten bevor das Essen aufgetragen wurde wieder zum Vorschein kam, erschöpft und obendrein schlecht gelaunt. Nicht, daß Louisa nicht in ihre Küche ging, aber die Leute schlenderten hinterher, nahmen ihre Drinks oder ihr Strickzeug mit und hatten nichts dagegen, wenn sie ihnen Bohnen zum Schnippeln oder Mayonnaise zum Rühren gab. Die Kinder zockelten zwischen Küche und Garten hin und her, und auch sie halfen Erbsen palen oder aus den Teigresten der Apfelpastete kleine Plätzchen formen.

Manchmal kam James der Gedanke, daß Louisas Leben, verglichen mit seinem, sehr fade sein mußte. «Was hast du heute gemacht?» fragte er, wenn er nach Hause kam, aber sie sagte jedesmal nur: «Nicht viel.»

Es regnete noch, an diesem Nachmittag würde es früh dunkel werden. Er hatte jetzt Henborough erreicht, die letzte Kleinstadt an der Hauptstraße vor der Abzweigung zu ihrem Dorf. Die Ampel zeigte Rot, und er kam vor einem Blumengeschäft zum Stehen. Drinnen sah er Vasen mit roten Tulpen, mit Freesien, Narzissen. Er dachte daran, Louisa Blumen zu kaufen, aber da sprang die Ampel auf Grün, er vergaß die Blumen und fuhr im Verkehrsstrom weiter.

Es war noch hell, als er zwischen den Rhododendronsträuchern die Zufahrt entlangkam. Er fuhr den Wagen in die Garage, stellte den Motor ab, nahm sein Gepäck aus dem Kofferraum und ging durch die Küchentür ins Haus. Rufus, ein Spaniel, der langsam in die Jahre kam, stieß in seinem Korb ein warnendes «Wuff» aus, und James' Frau blickte vom Küchentisch auf, wo sie eine Tasse Tee trank.

«Liebling!»

Wie schön, so freudig begrüßt zu werden. «Überraschung, Überraschung.» Er stellte seine Aktenmappe hin, Louisa stand auf, sie liefen sich entgegen und verloren sich in einer langen, innigen Umarmung. Er fühlte ihre zarten Rippenknochen durch ihren alten braunen Pullover. Sie duftete köstlich, es erinnerte entfernt an Feuer im Freien.

«Du bist früh dran.»

«Ich bin vor dem Stoßverkehr entwischt.»

«Wie war's auf dem Festland?»

«Europa existiert noch.» Er hielt sie von sich. «Hier stimmt was nicht.»

«Wieso?»

«Das mußt du mir sagen. Keine verlassenen Fahrräder mitten in der Garage, kein aufgeregtes Geplapper, keine Rasselbanden, die durch den Garten flitzen. Keine Kinder.»

«Sie sind in Hamble bei Helen.» Helen war Louisas Schwester. «Das hast du doch gewußt.»

Er hatte es gewußt. Er hatte es einfach vergessen.

«Ich dachte, du hättest sie womöglich ermordet und im Komposthaufen verscharrt.»

Sie runzelte die Stirn. «Hast du dich erkältet?»

«Ja. Irgendwo zwischen Oslo und Brüssel muß es mich erwischt haben.»

«Ach du Ärmster.»

«Gar nicht Ärmster. Deswegen muß ich morgen nämlich nicht nach London. Ich bleibe hier, bei meiner Frau, und schreibe meinen EG-Bericht am Eßzimmertisch.» Er küßte sie. «Du hast mir gefehlt. Weißt du das? Du hast mir wahrhaftig gefehlt. Unglaublich. Was gibt's zum Essen?»

«Steaks.»

«Das wird ja immer besser.» Er öffnete seine Aktenmappe und gab Louisa den Parfumflakon (größer als der für seine Sekretärin), empfing ihre Dankesumarmung, dann ging er nach oben, um auszupacken und ein heißes Bad zu nehmen.

Als James am nächsten Morgen aufwachte, schien blaß die Sonne, und es herrschte eine wunderbare, lediglich von leisem Vogelgezwitscher gebrochene Stille. Er schlug die Augen auf und sah, daß er allein im Bett war, nur die Mulde in dem anderen Kissen zeugte von Louisas Anwesenheit. Er stellte etwas erstaunt fest, daß er sich nicht erinnern konnte, wann er jemals während der Woche einen Tag frei genommen hatte. In Trägheit schwelgend, kam er sich vor wie ein Schuljunge an einem unerwarteten Ferientag. Er fummelte seine Uhr unter dem Kopfkissen hervor. Es war halb neun. Herrlich. Der heiße Whisky mit Zitrone, den er gestern abend zu sich genommen hatte, hatte seine Wirkung getan, und seine Erkältung war auf dem Rückzug. Er stand auf, rasierte sich, zog sich an, ging nach unten und fand seine Frau in der Küche, wo sie ihren Kaffee trank.

«Wie geht's dir?» fragte sie.

«Ich fühle mich wie neugeboren. Die Erkältung ist weg.»

Sie ging zum Herd. «Eier mit Speck?»

«Wunderbar.» Er griff nach der Morgenzeitung. Gewöhnlich las er die Morgenzeitung, wenn er abends nach Hause kam. Es war ein nahezu obszöner Luxus, sie in Muße am Frühstückstisch zu lesen. Er überflog den Wirtschaftsteil, den Kricketbericht, schließlich die Schlagzeilen. Louisa räumte die Spülmaschine ein. James sah sie an.

«Räumt Mrs. Brick die Spülmaschine nicht ein?»

Mrs. Brick war die Frau des Installateurs aus dem Dorf, die Louisa bei der Hausarbeit half. Zu den angenehmen Dingen am Samstagmorgen gehörte es, daß Mrs. Brick kam, hinter dem Staubsauger hersauste, die Bodendielen polierte und im Haus den süßen Duft von Bienenwachs verbreitete.

«Mrs. Brick kommt donnerstags nicht. Mittwochs und montags kommt sie auch nicht.»

«Nie?»

«Nie.» Louisa servierte ihm Eier mit Speck und schenkte ihm eine große Tasse schwarzen Kaffee ein. «Ich drehe im Eßzimmer die Heizung an. Es ist eiskalt da drin.» Damit ging sie hinaus. Gleich darauf lärmte der Staubsauger durch die Morgenluft. *Arbeiten*, schien er zu sagen. *Arbeiten, arbeiten.* James verstand den Hinweis, er begab sich mit seiner Aktenmappe und seinem Taschenrechner ins Eßzimmer. Die Morgensonne strahlte durch die hohen Fenster. Er öffnete seine Aktenmappe und breitete den Inhalt um sich aus. Das, dachte er, während er seine Brille aufsetzte, ist das Leben. Keine Störungen, keine Anrufe.

Sogleich klingelte das Telefon. Er hob den Kopf und hörte Louisa drangehen. Nach langer Zeit, wie ihm schien, verkündete ein einzelnes Klingeln, daß das Gespräch beendet war. Der Staubsauger brummte aufs neue. James machte sich wieder an die Arbeit.

Ein neues Geräusch durchdrang die Morgenstille. Von irgendwo ertönte ein Surren und Schwirren, das James nach einigem Nachdenken als die Waschmaschine identifizierte. Er schrieb: *Nordengland. Absolut abgedeckt.*

Dann, in dichter Folge, zwei weitere Anrufe. Louisa nahm

alle entgegen, aber als es das vierte Mal klingelte, ging sie nicht an den Apparat. James versuchte, das beharrliche Klingeln zu überhören, doch nach einer Weile schob er entnervt seinen Stuhl zurück und stürmte durch die Diele ins Wohnzimmer.

«Ja?»

Eine schüchterne Stimme sagte: «Oh, hallo.»

«Wer spricht da?» schnauzte James.

«Oh, ich glaube, ich muß mich verwählt haben. Ist das Henborough 384?»

«Ja. Hier spricht James Harner.»

«Ich wollte Mrs. Harner sprechen.»

«Ich weiß nicht, wo sie ist.»

«Hier spricht Miss Bell. Es geht um den Blumenschmuck in der Kirche für nächsten Sonntag. Mrs. Harner und ich machen das immer zusammen, und ich wollte sie fragen, ob sie etwas dagegen hat, wenn sie es diesen Sonntag mit Mrs. Sheepfold macht, dann könnte ich es nächste Woche mit der Frau des Pastors machen. Wissen Sie, die Tochter meiner Schwester hat nämlich ...»

Es war an der Zeit, den Redeschwall zu bremsen. «Hören Sie, Miss Bell, wenn Sie einen Moment dranbleiben, sehe ich nach, ob ich Louisa finden kann. Legen Sie nicht auf. Bin gleich wieder da ...»

Er legte den Hörer hin und ging in die Diele. «Louisa!» Keine Antwort. In die Küche. «Louisa!»

Ein schwacher Ruf drang durch die Hintertür zu ihm. Er ging hinaus und fand seine Frau auf dem Rasen, wo sie, wie ihm schien, die Wäsche eines ganzen Wäschereibetriebes aufhängte. «Was gibt's?»

«Miss Bell ist am Telefon.» Dann war er abgelenkt und fragte: «Sagen Sie, Mrs. Harner, wie bekommen Sie Ihre Wäsche so weiß?»

Louisa parierte aufs Stichwort: «Oh, ich nehme Persil», erwiderte sie mit der Stimme der Frau in der Fernsehwerbung. «Das wäscht sogar die Unterhosen meines Mannes strahlend rein, und alles duftet so frisch. Was will Miss Bell?»

«Sie sagt irgendwas von der Tochter ihrer Schwester und der Pfarrersfrau. Das Telefon hat den ganzen Morgen ununterbrochen geklingelt.»

«Tut mir leid.»

«Ach was. Aber ich bin verrückt vor Neugierde, warum du so beliebt bist.»

«Der erste Anruf war Helen, um zu sagen, daß die Kinder noch leben. Dann war es der Tierarzt, um Bescheid zu sagen, daß es Zeit für Rufus' nächste Impfung ist. Und dann hat Elizabeth Thomson gefragt, ob wir nächsten Dienstag mit ihnen essen gehen. Hast du Miss Bell gesagt, daß ich sie zurückrufe?»

«Nein, ich hab ihr gesagt, sie soll dranbleiben. Sie wartet.»

«O James.» Louisa trocknete sich die Hände an ihrer Schürze ab. «Warum hast du das nicht gleich gesagt?» Sie ging ins Haus. James versuchte, ein, zwei Socken aufzuhängen, aber das war eine knifflige Angelegenheit. Er ließ es bleiben und begab sich wieder an seinen provisorischen Schreibtisch.

Er schrieb eine neue Überschrift und unterstrich sie akkurat mit roter Tinte. Es war fast halb elf, und er fragte sich, ob Louisa wohl daran denken würde, ihm eine Tasse Kaffee zu bringen.

Gegen Mittag ließ sich das Bedürfnis nach einer Stärkung nicht mehr unterdrücken. Er legte seinen Stift hin, setzte seine Brille ab und lehnte sich zurück. Alles war still. Er stand auf, ging in die Diele, blieb mit gespitzten Ohren am Fuße der Treppe stehen wie ein Hund, der darauf wartet, daß man mit ihm spazierengeht. «Louisa!»

«Hier bin ich.»

«Wo ist hier?»

«Im Kinderbadezimmer.»

James stapfte die Treppe hinauf. Die Tür zum Kinderbadezimmer war zu, und als er sie aufmachte, warnte Louisas Stimme: «Vorsicht.» Also spähte er vorsichtig hinein. Auf dem Boden lagen Schutzplanen, eine Leiter war aufgestellt, und oben stand seine Frau und strich die hölzerne Vorhangleiste. Das Fenster war offen, trotzdem roch es stark nach Farbe. Und es war sehr kalt.

James schauderte. «Was machst du denn da, um Himmels willen?»

«Ich streiche die Vorhangleiste.»

«Das sehe ich. Aber warum? War sie nicht in Ordnung?»

«Du hast sie nie gesehen, weil sie immer mit Rüschen und Troddeln dran verdeckt war.»

Er erinnerte sich an die Rüschen. «Was ist damit passiert?»

«Als die Kinder weg waren, dachte ich, das ist eine gute Gelegenheit, die Badezimmervorhänge zu waschen, und da habe ich auch die Rüschen gewaschen, aber die hatten eine Versteifung, und alles wurde ganz klebrig, und die Troddeln sind abgegangen. Darauf hab ich alles in den Abfalleimer geworfen, und jetzt streiche ich die Vorhangleiste, damit sie zum übrigen Anstrich paßt und nicht auffällt.»

«Wolltest du was?» Es drängte sie sichtlich, mit der Arbeit
weiterzumachen.

«Nein, eigentlich nicht. Ich dachte nur, eine Tasse Kaffee
wär ganz schön.»

«Oh, verzeih. Daran hab ich nicht gedacht. Ich koch mir
nie welchen, wenn Mrs. Brick nicht da ist.»

«Oh. Macht nichts.» Und hoffnungsvoll fügte er hinzu:
«Gibt ja sowieso bald Mittagessen.» Er bekam langsam Hunger. Er kehrte an seinen Bericht zurück, nahm sich einen Ap-
fel aus der Schale auf dem Buffet. Während er sich abermals
mit Rechenschieber und Taschenrechner befaßte, hoffte er,
daß es zum Mittagessen etwas Warmes mit Fleisch geben
würde.

Bald darauf hörte er Louisa die Treppe herunterkommen,
vorsichtig, was bedeutete, daß sie die Leiter und den Farb-
eimer trug, was wiederum bedeutete, daß sie die Vorhangleiste fertiggestrichen hatte. Er hörte Küchenschubladen
auf- und zugehen, Töpfe klappern, einen Mixer brummen.
Bald darauf drang ein köstlicher Duft an James' Arbeitsplatz: Der Geruch nach gebratenen Zwiebeln und Paprika-
schoten hätte jedem Mann das Wasser im Munde zusam-
menlaufen lassen.

Er schrieb seinen Absatz zu Ende, zog wieder einen sauberen Strich und befand, daß er sich einen Drink verdient habe.

In der Küche trat er hinter Louisa, die am Herd stand, legte
ihr die Arme um die Taille und spähte über ihre Schulter auf
das köstliche Schmorgericht, das sie rührte.

Er sagte: «Das sieht aber reichlich viel aus für zwei Personen.»

«Wer sagt, daß das für zwei Personen ist? Es ist für zwanzig Personen.»

«Du meinst, wir erwarten achtzehn Gäste zum Mittagessen?»

«Nein. Ich meine, daß wir übernächstes Wochenende Sonntag mittag zwanzig Leute sind.»

«Aber du kochst es jetzt.»

«Ja. Das ist Moussaka. Und wenn es fertig ist, friere ich es ein, und einen Tag bevor die vielen Leute kommen, hole ich es aus der Tiefkühltruhe, und Simsalabim.»

«Aber was essen wir heute mittag?»

«Was du willst. Suppe, Brot, Käse. Ein gekochtes Ei.»

«Ein gekochtes Ei?»

«Was hast du denn erwartet?»

«Lammbraten. Koteletts. Apfelkuchen.»

«James, so groß essen wir mittags nie.»

«Doch. Am Wochenende immer.»

«Die Wochenenden sind was anderes. Am Wochenende essen wir abends Rühreier. Am Wochenende ist es umgekehrt.»

«Warum?»

«Warum? Damit du abends, wenn du abgekämpft und fix und fertig aus dem Büro kommst, eine anständige Mahlzeit kriegst. Darum.»

Das leuchtete ihm ein. Er seufzte und sah ihr beim Würzen der Moussaka zu. Wieder lief ihm das Wasser im Mund zusammen. Er sagte: «Kann ich heute mittag nicht ein bißchen davon haben?»

Louisa sagte: «Nein.» Er fand sie richtig gemein. Um sich aufzuheitern, holte er Eis aus dem Kühlschrank und machte sich einen belebenden Gin Tonic. Mit dem Drink in der Hand begab er sich ins Wohnzimmer, in der Absicht, sich ans Feuer zu setzen und die Morgenzeitung zu Ende zu lesen, bis sein Mittagessen fertig wäre.

Aber im Wohnzimmerkamin brannte kein Feuer, der Raum war kühl und freudlos.

«Louisa!»

«Ja?» Bildete er es sich ein, oder klang sie wirklich ein kleines bißchen ungeduldig?

«Soll ich den Kamin für dich anzünden?»

«Kannst du machen, wenn du willst, aber ist es nicht Verschwendung, wenn keiner von uns im Zimmer ist?»

«Wirst du dich denn heute nachmittag nicht etwas hinsetzen?»

«Glaub ich kaum», sagte Louisa.

«Um wieviel Uhr machst du sonst immer Feuer?»

«Meistens so gegen fünf.» Sie sagte wieder: «Du kannst es anzünden, wenn du willst», aber er ließ es störrisch bleiben und machte sich ein nahezu masochistisches Vergnügen daraus, sich in einen Sessel zu setzen und stur den Leitartikel zu lesen.

Am Ende war das Mittagessen besser, als er zu hoffen gewagt hatte. Kräftige Gemüsesuppe, knuspriges Vollkornbrot, Landbutter, etwas Stiltonkäse, eine Tasse Kaffee. Um das Ganze abzurunden, zündete er sich ein Zigarillo an.

«Wie läuft es?» fragte Louisa.

«Wie läuft was?»

«Mit deinem Bericht.»

«Ich hab ungefähr zwei Drittel.»

«Das ging ja schnell, mein Schlauer. Jetzt verlasse ich dich, und dann kannst du ganz ungestört weitermachen.»

«Du verläßt mich? Weswegen verläßt du mich? Sag mir den Namen deines Liebhabers.»

«Ich habe nicht gerade einen Liebhaber, aber ich muß mit Rufus raus, und da gehen wir gleich beim Metzger vorbei und holen das Lamm ab, das er mir versprochen hat.»

«Wann gibt's Lamm zu essen? Weihnachten?»

«Nein, heute abend. Aber wenn du weiter so sarkastisch bist, kann ich es ja einfrieren, bis du bessere Laune hast.»

«Wag es bloß nicht. Was gibt es sonst noch?»

«Neue Kartoffeln und Tiefkühlerbsen. Denkst du nie an was anderes als ans Essen?»

«Manchmal denke ich ans Trinken.»

«Du bist ein Vielfraß.»

«Ich bin ein Feinschmecker.» Er küßte sie. Dann sann er darüber nach. Er sagte: «Es ist komisch, dich beim Essen zu küssen. Ich küsse dich nicht oft am Tisch.»

«Das kommt, weil die Kinder nicht da sind», sagte Louisa.

«Laß uns das öfter machen. Die Kinder wegschicken, meine ich. Wenn deine Schwester sie nicht nehmen kann, stecken wir sie in einen Zwinger.»

Am Nachmittag war das Haus ohne Louisa, ohne den Hund, ohne Kinder, Gäste oder jegliche Art von Geschäftigkeit vollkommen tot. Die Stille war betäubend, beunruhigend wie ein ständiges, unerklärliches Geräusch. An seinem Arbeitsplatz konnte James nur das gedämpfte Ticken der Uhr in der Diele hören. Ihm kam der Gedanke, daß es für Louisa die meiste Zeit so sein mußte, wenn er in London und die Kinder in der Schule waren. Kein Wunder, daß sie mit dem Hund sprach.

Als sie endlich zurückkam, war seine Erleichterung so groß, daß er sich zurückhalten mußte, nicht gleich hinzugehen und sie zu begrüßen. Vielleicht spürte sie das, denn kurz darauf steckte sie den Kopf zur Tür herein und sprach seinen Namen. Er versuchte ein Gesicht zu machen, als habe sie ihn überrascht. «Was gibt's?»

«Wenn du mich brauchst, ich bin im Garten.»

James hatte gedacht, sie würde das Feuer anzünden, sich an den Kamin setzen, ihre Strickerei zur Hand nehmen und warten, daß er sich zu ihr setze. Er fühlte sich betrogen. «Was willst du im Garten?»

«Ich muß das Rosenbeet in Schuß bringen. Heute ist der erste Tag, wo ich Gelegenheit dazu habe. Wenn jemand mit einem Lieferwagen kommt und klingelt, könntest du aufmachen oder mir Bescheid sagen?»

«Erwartest du Gesellschaft?»

«Mrs. Bricks Schwager hat gesagt, wenn er kann, kommt er heute nachmittag vorbei.»

Mrs. Bricks Schwager war für James eine unbekannte Größe. «Was hast du mit ihm vor?»

«Weißt du, er hat eine Kettensäge.» James sah sie völlig verständnislos an, und Louisa wurde ungeduldig. «O James, ich hab's dir doch gesagt. Im Wald ist eine Buche umgefallen, und der Bauer hat gemeint, ich kann die abgebrochenen Äste als Kaminholz haben, wenn sie mir jemand zersägt. Und da hat Mrs. Brick gesagt, ihr Schwager würde vorbeikommen. Das hab ich dir erzählt. Das Dumme ist, du hörst nie zu,

134 wenn ich dir was erzähle, und wenn du zuhörst, merkst du's
dir nicht.»

«Du hörst dich an wie eine Ehefrau», erklärte James.

«Was hast du denn erwartet? Also, halt die Ohren für mich
offen. Es wäre peinlich, wenn er käme und wieder wegginge,
weil er denkt, ich bin nicht da.»

James stimmte zu, daß es peinlich wäre. Louisa ging und
machte die Tür hinter sich zu. Kurz darauf sah er sie in Gummistiefeln mit dem Rosenbeet beschäftigt. Rufus saß neben
der Schubkarre und sah ihr zu. *Blöder Hund*, dachte James. *Er
könnte ihr wenigstens helfen.*

Der Bericht nahm ihn wieder in Anspruch. Er konnte sich
nicht erinnern, daß er jemals für etwas so lange gebraucht
hatte. Aber schließlich langte er beim letzten Resümee an und
bemühte sich gerade um eine besonders elegante Formulierung, als sein Friede von der knirschenden Ankunft eines
uralten Vehikels erschüttert wurde. Es bog von der Straße in
die Zufahrt ein und kam hinter dem Haus zu Stehen, wo es
weiterknatterte, während der Fahrer, der offensichtlich nicht
riskieren wollte, den Motor abzustellen, solange er nicht sicher war, ob er hierbleiben würde, am Hintereingang klingelte.

Die elegante Formulierung war für immer verloren. James
stand auf und ging öffnen. Auf der Türschwelle sah er sich einem großen, gutaussehenden Mann gegenüber, weißhaarig
und rotgesichtig, in Kordhose und Tweedjacke. Hinter ihm
auf der Straße stand dröhnend und zitternd ein zerbeulter
blauer Laster, über und über mit Schlamm bespritzt, der giftige Auspuffwolken ausstieß.

Der Mann hatte ungewöhnlich helle, unerschrockene blaue Augen. «Mrs. Harner?»

«Nein, ich bin nicht Mrs. Harner. Ich bin Mr. Harner.»

«Ich möchte aber zu Mrs. Harner.»

«Sind Sie Mrs. Bricks Schwager?»

«Der bin ich. Redmay ist mein Name. Josh Redmay.»

James war verwirrt. Der Mann sah nicht aus wie ein Verwandter von Mrs. Brick. Mit seinen blauen Augen und seinem Offiziersgehabe ähnelte er eher einem pensionierten Admiral, noch dazu einem, der es nicht gewohnt war, sich mit Schreiberlingen vom Unterdeck abzugeben.

«Mrs. Harner ist vorne im Garten. Wenn Sie ...»

«Ich hab die Kettensäge dabei.» Mr. Redmay hatte keine Zeit für Höflichkeiten. «Wo ist der Baum?»

Es wäre glänzend gewesen, ihm zu erwidern: *Zwei Strich Westsüdwest.* Aber James konnte nur sagen: «Ich weiß es nicht genau. Meine Frau wird es Ihnen zeigen.»

Mr. Redmay bedachte James mit einem langen, abschätzenden Blick, und indem James die Schultern straffte und das Kinn reckte, gelang es ihm, diesem Blick Auge in Auge standzuhalten. Dann machte Mr. Redmay auf dem Absatz kehrt, ging zu seinem schlammbespritzten Gefährt, langte ins Fahrerhaus und stellte die Zündung ab. Es wurde still, der Laster hörte zu zittern auf, aber der unleidliche Auspuffgestank war trotzdem noch deutlich wahrnehmbar. Mr. Redmay lud die Kettensäge und einen Kanister Benzin von der Ladepritsche. Beim Anblick des Blattes, einem Haifischmaul voller Zähne, bekam es James plötzlich mit der Angst; alptraumhafte Visionen von Louisa ohne jeglichen Finger plagten ihn.

«Mr. Redmay ...»

Mrs. Bricks Schwager drehte sich um. James kam sich albern vor, aber das war ihm egal. «Lassen Sie meine Frau nicht zu nahe an das Ding heran, ja?»

Mr. Redmay verzog keine Miene. Aber er nickte James zu, lud sich die Kettensäge auf die Schulter und verschwand um die Hausecke. *Wenigstens*, dachte James, als er wieder ins Haus ging, *hat er mich nicht angespuckt*.

Um Viertel vor fünf war der Bericht fertig. Gelesen und wieder gelesen, korrigiert, geheftet. Zufrieden steckte James ihn in seine Aktenmappe und ließ das Schloß zuschnappen. Morgen vormittag würde seine Sekretärin ihn tippen. Am Nachmittag würde jeder Direktor der Firma eine Kopie erhalten haben.

Er war müde. Er streckte sich und gähnte. Am anderen Ende des Gartens kreischte die Kettensäge. Er stand auf, ging ins Wohnzimmer, nahm die Streichholzschachtel vom Kaminsims und machte Feuer, dann ging er in die Küche, ließ Wasser in den Kessel laufen und setzte ihn auf. Er sah den Korb mit Wäsche auf dem Tisch, Kleidungsstücke, die darauf warteten, gebügelt zu werden. Er sah die Schüssel mit geschälten Kartoffeln, und auf dem Herd köchelte etwas in einer Kasserolle; als er den Deckel hob, schlug ihm der Duft von Spargelsuppe entgegen. Seine Lieblingssuppe.

Das Wasser kochte. Er machte Tee, füllte ihn in eine Thermosflasche, dazu Tassen, eine Flasche Milch, ein Paket Würfelzucker. Er sah die Keksdosen durch und fand einen großen Früchtekuchen. Er schnitt drei dicke Scheiben ab, räumte alles in einen Korb, zog die alte Jacke an und verließ das Haus.

Der Spätnachmittag war still und blau, die feuchte Luft

roch kühl und frisch, nach Erde und Wachstum. Er ging über den Rasen, durch die Koppel und über den Zaun in den Buchenhain. Das Kreischen der Säge wurde lauter, und er fand Louisa und Mr. Redmay ohne Mühe. Mr. Redmay hatte aus einem Baumstumpf einen provisorischen Sägebock gebaut, und die beiden arbeiteten zusammen; Mr. Redmay betätigte die Säge, und Louisa reichte ihm die Äste, die binnen Sekunden zu Haufen von Scheiten wurden. Die Luft war von Sägemchlgeruch erfüllt.

James fand, sie sahen beide geschäftig und kameradschaftlich aus, und er verspürte einen leisen Stich von Eifersucht. Wenn er sich aus der Hetzjagd der Werbewelt zurückzog, würden er und Louisa vielleicht ihren Lebensabend gemeinsam mit Holzsägen verbringen.

Louisa blickte auf und sah ihn kommen. Sie sagte etwas zu Mr. Redmay, und kurz darauf wurde die Säge abgeschaltet, das Kreischen des Blattes erstarb. Mr. Redmay richtete sich auf, drehte sich um und beobachtete James' Ankunft.

Er kam mit seinem Korb zu ihnen und fühlte sich wie eine Bauersfrau. Er sagte: «Ich dachte, es ist Zeit für eine Tasse Tee.»

Es war sehr kameradschaftlich, im dunkelnden Wald zu sitzen, Tee zu trinken, Früchtekuchen zu mampfen und den heranfliegenden Tauben zuzuhören. Louisa wirkte müde, aber sie lehnte sich an James' Schulter und sagte zufrieden: «Nun sieh dir das an. Ist das zu fassen, so viele Scheite, nur aus ein paar Ästen?»

«Wie wollen wir die alle ins Haus kriegen?» fragte James.

«Hab ich schon mit Ihrer Frau besprochen», sagte Mr.

Redmay und zog an seiner Zigarette. «Ich leih mir 'nen Traktor und 'n Anhänger vom Bauern und fahr's rüber. Vielleicht morgen. Es wird schon dunkel. Für heute lassen wir's lieber genug sein.»

Sie packten das Teegeschirr zusammen und machten sich auf den Heimweg. Louisa ging nach oben, um ein Bad zu nehmen, aber James lud Mr. Redmay zu einem Drink ins Haus ein, und Mr. Redmay nahm ohne Umschweife an. Sie setzten sich ins Wohnzimmer an den Kamin und kippten jeder ein paar Whiskys, und als Mr. Redmay sich verabschiedete, waren sie die besten Freunde.

«Wissen Sie», sagte Mr. Redmay, «Ihre kleine Frau, so was findet man einmal unter einer Million.» Er kletterte in die Fahrerkabine seines Lasters und schlug die Tür zu. «Wenn Sie die mal loswerden wollen, sagen Sie mir Bescheid. Für jemand, der hart arbeitet, find ich immer was zu tun.»

Aber James sagte, er wolle sie nicht loswerden. Jetzt noch nicht.

Als Mr. Redmay fort war, ging James ins Haus und nach oben. Louisa war aus der Wanne, sie hatte ihren blausamtenen Morgenrock an und den Gürtel eng um ihre schmale Taille geschlungen. Sie bürstete ihre Haare. «Ich habe dich gar nicht nach dem Bericht gefragt. Bist du fertig?» erkundigte sie sich.

«Ja. Das ist erledigt.» Er setzte sich auf die Bettkante und band seinen Schlips auf. Louisa besprengte sich mit etwas Parfum, kam zu ihm und küßte ihn auf den Kopf. «Du hast hart gearbeitet», sagte sie zu ihm, dann ging sie aus dem Zimmer und die Treppe hinunter. Er blieb ein Weilchen sitzen, dann zog er sich aus und nahm ein Bad. Als er hinunterkam, hatte sie den Wäschekorb weggeräumt, aber er konnte den Duft nach frischgebügelten Sachen noch riechen. Er ging am Eßzimmer vorüber und sah sie durch die offene Tür den Tisch decken. Er blieb stehen und sah ihr zu. Sie blickte auf, sah ihn und fragte: «Was gibt's?»

«Du mußt müde sein.»

«Nicht besonders.»

Er fragte wie jeden Abend: «Möchtest du was trinken?», und Louisa erwiderte wie jeden Abend: «Ein Glas Sherry bitte.» Sie waren wieder bei ihrem gewohnten täglichen Ablauf angelangt.

Nichts hatte sich geändert. Am nächsten Morgen fuhr James nach London, verbrachte den Tag im Büro, aß mit einem jungen Werbetexter im Club zu Mittag und kehrte – im üblichen dichten Stoßverkehr – am Abend aufs Land zurück. Aber er fuhr nicht direkt nach Hause. Er hielt in Henborough an, stieg aus, ging in das Blumengeschäft und kaufte Louisa einen Armvoll zartgelber Narzissen, hellrosa Tulpen, violettblauer Iris. Die Verkäuferin wickelte sie in Seidenpapier, James bezahlte, brachte die Blumen nach Hause und gab sie Louisa.

«James ...» Sie machte ein erstauntes Gesicht, und das mit Recht. Es war nicht seine Gewohnheit, ihr Arme voll Blumen mit nach Hause zu bringen. «Oh, sind die schön.» Sie begrub ihr Gesicht darin, saugte den Duft der Narzissen in sich hinein. Dann sah sie auf. «Aber warum ...?»

Weil du mein Leben bist. Die Mutter meiner Kinder, das Herz meines Hauses. Du bist der Früchtekuchen in der Dose, die sauberen Hemden in der Schublade, die Holzscheite im Korb, die

Rosen im Garten. Du bist die Blumen in der Kirche und der Farbgeruch im Badezimmer und Mr. Redmays Augapfel. Und ich liebe dich.

Er sagte: «Aus keinem besonderen Grund.»

Sie küßte ihn: «Wie war dein Tag?»

«In Ordnung», sagte James. «Und du! Was hast du gemacht?»

«Oh», sagte Louisa, «nicht viel.»

Ein unvergeßlicher Abend

Alice Stockman saß unter der Trockenhaube, die Haare auf Wickler gedreht und am Kopf festgesteckt. Sie verzichtete auf die angebotenen Illustrierten, öffnete statt dessen ihre Handtasche, nahm den Notizblock und ging zum vielleicht vierzehnten Mal ihre Liste durch.

Das Aufstellen von Listen lag ihr nicht besonders, sie neigte vielmehr dazu, alles mehr oder weniger dem Zufall zu überlassen. Sie war eine unbeschwerte Hausfrau, der lebenswichtige Dinge wie Brot, Butter und Spülmittel häufig ausgingen und die sich dennoch – jedenfalls für ein, zwei Tage – die Fähigkeit des Improvisierens sowie die eingefleischte Überzeugung bewahrte, daß es ohnehin keine Rolle spiele.

Nicht, daß sie nicht ab und zu Listen aufstellte, aber sie tat es stets impulsiv und benutzte dazu jedes beliebige Stück Papier, das ihr in die Hände fiel. Die Rückseite eines Briefumschlages, Scheckheftabschnitte, alte Rechnungen. Das verlieh dem Leben etwas Rätselhaftes. *Lampenschirm. Wieviel?* fand sie etwa auf eine Empfangsbestätigung für Kohlen gekritzelt, die vor sechs Monaten geliefert worden waren, und sie versuchte sich eine Minute lang krampfhaft zu erinnern, was diese Botschaft bedeuten könnte. Was für ein Lampenschirm? Und wieviel hatte er gekostet?

Seit sie aus London aufs Land gezogen waren, hatte sie sich bemüht, ihr neuerworbenes Haus nach und nach einzurichten und umzugestalten, aber sie hatten nie genug Zeit oder Geld übrig – die zwei kleinen Kinder nahmen beides fast vollständig in Anspruch –, und so gab es immer noch Zimmer mit der falschen Tapete oder ohne Teppiche.

Diese Liste jedoch war etwas anderes. Diese Liste war für morgen abend und so wichtig, daß Alison eigens dafür den kleinen Notizblock nebst dazugehörigem Bleistift erstanden und mit äußerster Konzentration detailliert alles aufgeschrieben hatte, was gekauft, gekocht, poliert, geputzt, gewaschen, gebügelt oder geschält werden mußte.

Eßzimmer saugen, Silber putzen. Diese Punkte hakte sie ab. *Tisch decken.* Das wurde ebenfalls abgehakt. Sie hatte den Tisch heute morgen gedeckt, als Larry im Kindergarten war und Janey in ihrem Gitterbettchen schlief. «Werden die Gläser nicht staubig?» hatte Henry gefragt, als sie ihm von ihrem Vorhaben erzählte, doch Alison versicherte ihm, sie würden nicht staubig, und außerdem würden sie bei Kerzenlicht essen, wenn also die Gläser staubig sein sollten, würden Mr. und Mrs. Fairhurst es vermutlich nicht sehen können. Und überhaupt, wer hatte je von staubigen Weingläsern gehört?

Rinderfilet bestellen. Auch dieser Punkt bekam ein Häkchen. *Kartoffeln schälen.* Noch ein Häkchen; die Kartoffeln lagen in einer Schüssel mit Wasser in der Speisekammer. *Garnelen auftauen.* Das mußte sie morgen früh erledigen. *Mayonnaise machen. Salat putzen. Pilze putzen. Mutters Zitronensoufflé machen. Schlagsahne kaufen.* Sie hakte *Schlagsahne kaufen* ab, aber alles übrige mußte bis morgen warten.

Sie schrieb: *Blumenschmuck.* Das hieß die ersten schüchternen Narzissen pflücken, die soeben im Garten aufblühten, und sie mit blühenden Johannisbeerzweigen arrangieren, die hoffentlich nicht das ganze Haus nach Katzendreck riechen ließen.

Sie schrieb: *Die besten Kaffeetassen spülen.* Diese waren ein Hochzeitsgeschenk und wurden in einem Eckschrank im Wohnzimmer aufbewahrt. Sie würden zweifellos staubig sein, auch wenn es die Weingläser nicht waren.

Sie schrieb: *In die Badewanne gehen.*

Das war ganz wichtig, und wenn sie es morgen nachmittag um zwei Uhr tat. Am besten, nachdem sie die Kohlen geholt und den Korb mit dem Feuerholz gefüllt hatte.

Sie schrieb: *Stuhl flicken.* Alison hatte bei einer Versteigerung sechs kleine Eßzimmerstühle mit geschweiften Rückenlehnen erstanden. Sie hatten grüne, mit Goldborte eingefaßte Samtsitze, und Larrys Kater mit dem originellen Namen Catkin, Kätzchen, hatte einen davon zum Schärfen seiner Krallen benutzt. Die Borte hatte sich gelöst und hing unordentlich herunter. Alison wollte sie mit Klebstoff und Heftklammern befestigen. Es spielte keine Rolle, wenn es nicht besonders gut wurde. Es durfte nur nicht zu sehen sein.

Sie steckte die Liste wieder in ihre Handtasche und dachte trübsinnig an ihr Eßzimmer. Daß sie heutzutage überhaupt ein Eßzimmer hatten, war erstaunlich, aber in Wahrheit war es ein so unansehnliches, nach Norden gelegenes Kabuff, daß niemand es für einen anderen Zweck haben wollte. Sie hatte es Henry als Arbeitszimmer vorgeschlagen, doch Henry sagte, es sei verdammt kalt, und dann hatte sie gemeint, Larry könnte seinen Spielzeugbauernhof dort aufstellen, aber Larry zog es vor, mit seinem Bauernhof auf dem Küchenfußboden zu spielen. Sie benutzten den Raum nie als Eßzimmer, denn sie nahmen alle Mahlzeiten in der Küche ein, oder im Garten, wenn es im Sommer warm genug war, um im Schatten des Ahornbaumes zu picknicken.

Ihre Gedanken schweiften schon wieder ab, wie gewöhnlich. Das Eßzimmer. Es war so düster, daß nichts es noch düsterer hätte machen können, und so hatten sie es dunkelgrün tapeziert, passend zu den Samtvorhängen, die Alisons Mutter auf ihrem reichhaltigen Speicher ausfindig gemacht hatte. Das Zimmer enthielt einen Ausziehtisch, die Stühle mit den geschweiften Lehnen und ein viktorianisches Buffet, das ihnen eine Tante von Henry vermacht hatte, und daneben zwei monströse Gemälde. Die hatte Henry beigesteuert. Er hatte auf einer Versteigerung ein Kamingitter aus Messing erstanden und sich darüber hinaus als Besitzer dieser deprimierenden Bilder wiedergefunden. Das eine stellte einen Fuchs dar, der eine tote Ente vertilgte, das andere ein Hochlandrind, das im strömenden Regen stand.

«Dann sind die Wände nicht so kahl», hatte Henry gesagt und die Bilder im Eßzimmer aufgehängt. «Sie müssen genügen, bis ich es mir leisten kann, dir ein Original von Hockney zu kaufen, oder einen Renoir oder Picasso oder was immer du möchtest.» Er stieg von der Leiter und küßte seine Frau. Er war in Hemdsärmeln und hatte Spinnweben in den Haaren.

«Solche Sachen will ich nicht», sagte Alison.

«Solltest du aber.» Er küßte sie wieder. «Ich will sie.»

Und es war ihm Ernst. Er wünschte es nicht für sich, sondern für seine Frau und seine Kinder. Für sie war er strebsam. Sie hatten die Londoner Wohnung verkauft und dieses Häuschen erworben, weil er wollte, daß die Kinder auf dem Land aufwuchsen und sich mit Kühen, Ernten, Bäumen und Jahreszeiten auskannten. Und wegen der Hypothek hatten sie sich gelobt, alle notwendigen Maler- und Tapezierarbeiten selbst auszuführen. Diese endlosen Betätigungen nahmen alle ihre Wochenenden in Anspruch. Anfangs war es ganz gut gegangen, weil Winter war. Doch dann wurden die Tage länger, der Sommer kam, und sie vernachlässigten das Haus und gingen nach draußen, um den überwucherten, verwahrlosten Garten einigermaßen in Ordnung zu bringen.

In London hatten sie Zeit füreinander gehabt; sie konnten einen Babysitter engagieren und auswärts essen gehen, sie konnten zu Hause sitzen und Musik hören, während Henry die Zeitung las und Alison an ihrer Strickarbeit saß. Aber jetzt ging Henry morgens um halb acht aus dem Haus und kam erst zwölf Stunden später zurück.

«Ist es das wirklich wert?» fragte sie ihn hin und wieder, aber Henry ließ sich nicht entmutigen.

«Das bleibt nicht immer so», versprach er ihr, «du wirst sehen.»

Er arbeitete bei Fairhurst & Hanbury, einer Firma für Elektrotechnik, die, seit Henry als kleiner Angestellter dort angefangen hatte, bescheiden expandiert und jetzt eine Anzahl interessanter Eisen im Feuer hatte, nicht zuletzt die Herstellung kommerzieller Computersysteme. Langsam hatte Henry die Beförderungsleiter erklommen und kam nun möglicherweise für die Stellung des Exportdirektors in Betracht, nachdem der Mann, der diesen Posten zur Zeit bekleidete, sich entschlossen hatte, sich vorzeitig zur Ruhe zu setzen, um nach Devonshire zu ziehen und Geflügel zu züchten.

Im Bett, das gegenwärtig der einzige Ort war, wo sie sich in Ruhe unterhalten konnten, hatte Henry Alison seine Möglichkeiten, diesen Posten zu bekommen, erläutert. Sie schienen nicht sehr aussichtsreich. Zum einen sei er der jüngste der Kandidaten. Seine Befähigungen seien zwar fundiert, aber nicht glänzend, und die anderen hätten alle mehr Erfahrung.

«Und was hättest du zu tun?» wollte Alison wissen.

«Tja, das ist es ja eben. Ich wäre viel auf Reisen. New York, Hongkong, Japan. Neue Märkte erschließen. Ich wäre ständig unterwegs. Du wärst noch mehr allein als jetzt. Und dann müßten wir uns revanchieren. Wenn ausländische Einkäufer zu uns kämen, müßten wir uns um sie kümmern, sie einladen … du weißt schon.»

Sie dachte darüber nach, während sie im Dunkeln in seinen Armen lag, bei offenem Fenster, und sich die kühle Landluft ins Gesicht wehen ließ. Sie sagte: «Es wäre mir nicht lieb, wenn du oft weg wärst, aber ich könnte es ertragen. Ich würde nicht einsam sein, die Kinder wären ja da. Und ich würde wissen, daß du immer zu mir zurückkommst.»

Er küßte sie. Er sagte: «Habe ich dir je gesagt, daß ich dich liebe?»

«Ein-, zweimal.»

«Ich will den Posten. Ich trau mir das zu. Und ich will uns die Hypothek vom Hals schaffen und in den Sommerferien mit den Kindern in die Bretagne fahren und vielleicht einen Mann bezahlen, der uns diesen verdammten Garten umgräbt.»

«Sag das nicht.» Alison legte Henry die Hand auf den Mund. «Sprich nicht darüber. Man soll den Tag nicht vor dem Abend loben.»

Dieses nächtliche Gespräch hatte vor ungefähr einem Monat stattgefunden, und seitdem hatten sie nicht mehr über Henrys mögliche Beförderung gesprochen. Doch vor einer Woche hatte Mr. Fairhurst, Henrys Vorgesetzter, Henry zum Mittagessen in seinen Club eingeladen. Henry mochte kaum glauben, daß Mr. Fairhurst ihm dieses vorzügliche Mahl lediglich aus Freude an Henrys Gesellschaft spendierte, doch erst als sie bei dem köstlichen, mit bläulichen Adern durchzogenen Stiltonkäse und einem Glas Portwein angelangt waren, kam Mr. Fairhurst endlich zur Sache. Er erkundigte sich nach Alison und den Kindern. Henry sagte, es gehe ihnen ausgezeichnet.

«Für Kinder ist es gut, auf dem Land zu leben. Und Alison, gefällt es ihr dort?»

«Ja. Sie hat im Dorf viele Freunde gewonnen.»

«Das ist gut. Das ist sehr gut.» Nachdenklich nahm sich der ältere der beiden Männer noch etwas Käse. «Eigentlich kenne ich Alison gar nicht richtig.» Es hörte sich an, als grübele er vor sich hin, als sei die Bemerkung nicht an Henry gerichtet. «Hab sie natürlich auf Betriebsfesten gesehen, aber das zählt ja kaum. Ich würde mir gerne Ihr neues Haus anschen ...»

Seine Stimme verlor sich. Er blickte auf. Über die gestärkte Tischdecke und das schimmernde Tafelsilber hinweg sah Henry ihm ins Gesicht. Ihm wurde klar, daß Mr. Fairhurst auf eine formelle Einladung aus war, sie gar erwartete.

Er räusperte sich und sagte: «Vielleicht könnten Sie und Mrs. Fairhurst einmal zum Abendessen zu uns kommen?»

«Oh», sagte der Vorgesetzte mit überraschter und erfreuter Miene, als sei das Ganze Henrys Idee gewesen, «sehr freundlich. Mrs. Fairhurst wird sich bestimmt freuen.»

«Ich ... ich sage Alison, sie soll sie anrufen. Sie können einen Tag vereinbaren.»

«Wir werden geprüft, nicht wahr? Für den neuen Posten», sagte Alison, als er ihr die Neuigkeit mitteilte. «Für die vielen Einladungen der ausländischen Kunden. Sie wollen wissen, ob ich das hinkriege, ob ich Gesellschaften geben kann.»

«So ausgedrückt, klingt es ziemlich gefühllos, aber ... ja, ich glaube, es ist wahr.»

«Muß es schrecklich großartig sein?»

«Nein.»

«Aber förmlich.»

«Er ist der Chef.»

«Ach du meine Güte.»

«Mach nicht so ein Gesicht. Ich ertrage es nicht, wenn du so ein Gesicht machst.»

«Oh, Henry.» Sie war drauf und dran zu weinen, aber er nahm sie in seine Arme, und da merkte er, daß sie doch nicht weinen mußte. «Vielleicht werden wir geprüft», sagte er über ihren Kopf hinweg, «aber das ist bestimmt ein gutes Zeichen.»

«Ja», sagte Alison, und nach einer Weile: «Nur gut, daß wir ein Eßzimmer haben.»

Am nächsten Morgen rief sie Mrs. Fairhurst an, und bemüht, nicht allzu nervös zu klingen, lud sie Mrs. Fairhurst und ihren Mann zum Abendessen ein. «Oh, wie liebenswürdig!» Mrs. Fairhurst wirkte ehrlich überrascht, als höre sie jetzt zum erstenmal davon.

«Wir ... wir dachten, am Sechsten oder Siebten dieses Monats. Wann es Ihnen besser paßt.»

«Momentchen, ich muß in meinem Terminkalender nachsehen.» Es folgte eine lange Pause. Alisons Herz klopfte heftig. Lächerlich, so nervös zu sein. Endlich war Mrs. Fairhurst wieder am Apparat. «Am Siebten würde es uns sehr gut passen.»

«Gegen halb acht?»

«Ausgezeichnet.»

«Und ich sage Henry, er soll für Mr. Fairhurst eine kleine Karte zeichnen, damit Sie den Weg finden.»

«Das ist eine gute Idee. Wir sind bekannt dafür, daß wir uns dauernd verfahren.»

Darüber lachten sie beide, dann verabschiedeten sie sich und hängten ein. Sogleich nahm Alison den Hörer wieder auf und rief ihre Mutter an.

«Ma?»

«Liebling.»

«Ich muß dich um einen Gefallen bitten. Kannst du nächsten Freitag die Kinder nehmen?»

«Natürlich. Warum?»

Alison erkärte er. Ihre Mutter machte sich sofort an die praktische Planung. «Ich komme sie mit dem Wagen abholen, gleich nach dem Tee. Und sie können bei mir übernachten. Prima Idee. Unmöglich, gleichzeitig Essen zu kochen und die Kinder ins Bett zu bringen, und wenn sie merken, daß was im Gange ist, wollen sie nicht schlafen. Da sind alle Kinder gleich. Was willst du den Fairhursts vorsetzen?»

Darüber hatte Alison noch nicht nachgedacht, aber das tat sie nun, und ihre Mutter machte ein paar nützliche Vorschläge und gab ihr das Rezept für ihr Zitronensoufflé. Sie fragte nach den Kindern, teilte ein paar Neuigkeiten aus der

Verwandtschaft mit und legte auf. Alison griff abermals zum Hörer und meldete sich beim Friseur an.

Als dies alles erledigt war, kam sie sich kompetent und tüchtig vor, eine nicht eben vertraute Empfindung. Freitag, der Siebte. Sie durchquerte die Diele und öffnete die Tür zum Eßzimmer. Sie inspizierte es kritisch, und das Eßzimmer blickte düster zurück. Mit Kerzen, sagte sie sich und kniff dabei die Augen halb zu, mit Kerzen und bei zugezogenen Vorhängen sieht es vielleicht gar nicht so schlimm aus.

O bitte, lieber Gott, laß nichts schiefgehen. Laß mich Henry nicht blamieren. Laß es um Henrys willen gutgehen.

Hilf dir selbst, so hilft dir Gott. Alison schloß die Eßzimmertür, zog ihren Mantel an, ging ins Dorf und kaufte den kleinen Notizblock nebst dazugehörigem Bleistift.

Ihre Haare waren trocken. Sie verließ die Trockenhaube, setzte sich vor einen Spiegel und wurde gleich darauf ausgekämmt.

«Gehen Sie heute abend aus?» fragte der junge Friseur, der mit zwei Bürsten hantierte, als sei Alisons Kopf eine Trommel.

«Nein. Heute nicht. Morgen abend bekomme ich Besuch zum Essen.»

«Wie nett. Wünschen Sie Haarspray?»

«Wär vielleicht nicht schlecht.»

Er besprühte sie von allen Seiten, hielt einen Spiegel in die Höhe, so daß sie ihren Hinterkopf bewundern konnte, dann band er die Schleife des mauvefarbenen Nylonumhangs auf und nahm ihn Alison ab.

«Vielen Dank.»

«Viel Vergnügen morgen.»

Ein frommer Wunsch. Sie bezahlte, zog ihren Mantel an und trat auf die Straße. Es wurde langsam dunkel. Neben dem Friseur war eine Süßwarenhandlung, dort kaufte sie zwei Tafeln Schokolade für die Kinder. Sie ging zu ihrem Wagen, fuhr nach Hause, stellte das Auto in die Garage und betrat das Haus durch die Küchentür. Hier traf sie Evie an, die den Kindern ihr Abendbrot gab. Janey saß auf ihrem hohen Kinderstuhl, und in der Küche duftete es nach Backwerk.

Alison ließ sich auf einen Stuhl fallen und lächelte die drei fröhlichen Gesichter am Tisch an. «Ich bin völlig geschafft. Ist noch Tee in der Kanne?»

«Ich brüh frischen auf.»

«Und Sie haben gebacken.»

«Ja», sagte Evie, «ich hatte ein bißchen Zeit, da hab ich 'nen Kuchen gebacken. Dachte, er kommt Ihnen vielleicht zupaß.»

Evie gehörte zum Besten, was Alison zugestoßen war, seit sie aufs Land gezogen waren. Sie war unverheiratet, im mittleren Alter, stämmig und energisch und führte ihrem Bruder, der Junggeselle war und das Land rund um Alisons und Henrys Haus bestellte, den Haushalt. Alison hatte sie im Lebensmittelgeschäft im Dorf kennengelernt. Evie hatte sich vorgestellt und gesagt, wenn Alison Eier von frei laufenden Hühnern wolle, könne sie diese bei Evie kaufen. Evie halte selbst Hühner und versorge ein paar ausgesuchte Familien im Dorf. Alison hatte das Angebot dankbar angenommen, und seither ging sie nachmittags mit den Kindern in das Bauernhaus, um die Eier zu holen.

Evie liebte Kinder. Schon nach kurzer Zeit meinte sie: «Wenn Sie mal 'nen Babysitter brauchen, rufen Sie mich jederzeit an», und hin und wieder hatte Alison sie dafür in Anspruch genommen. Die Kinder hatten es gern, wenn Evie auf sie aufpassen kam. Sie brachte ihnen jedesmal Süßigkeiten oder kleine Geschenke mit, zeigte Larry Kartenspiele und war geschickt und liebevoll im Umgang mit Janey. Sie liebte es, das Baby auf dem Knie zu halten, wobei Janey ihr rundes blondes Köpfchen an das feste Polster ihres mächtigen Busens drückte.

Jetzt eilte sie zum Herd, setzte den Wasserkessel auf und bückte sich, um nach ihrem Kuchen im Backofen zu sehen. «Fast fertig.»

«Das ist lieb von Ihnen, Evie. Aber müssen Sie nicht nach Hause? Jack wartet sicher schon auf seinen Tee.»

«Ach, Jack ist heut auf den Markt gegangen. Das dauert noch Stunden, bis er zurückkommt. Wenn Sie wollen, bring ich die Kinder ins Bett. Muß sowieso noch auf den Kuchen warten.» Sie strahlte Larry an. «Das magst du doch, nicht wahr, mein Herzchen? Evie badet dich. Und Evie zeigt dir, wie man mit den Fingern Seifenblasen macht.»

Larry steckte sich den letzten Chip in den Mund. Er war ein ernstes Kind und für Spontanität nicht leicht zu haben. Er sagte: «Liest du mir auch eine Geschichte vor, wenn ich im Bett bin?»

«Wenn du willst.»

«Du sollst mir *Wo ist Spot?* vorlesen. Da kommt eine Schildkröte drin vor.»

«Schön, die liest Evie dir vor.»

Nach dem Abendbrot gingen die drei nach oben. Man konnte Badewasser einlaufen hören, und Alison roch ihr bestes Schaumbad. Sie deckte den Tisch ab, räumte die Spülmaschine ein und stellte sie an. Bevor es ganz dunkel wurde, ging sie nach draußen, nahm die Wäsche von der Leine, brachte sie ins Haus, faltete sie zusammen, legte sie in den Schrank. Auf dem Weg nach unten sammelte sie eine rote Lokomotive, einen augenlosen Teddybären, einen Quietschball und etliche Bauklötze ein. Sie tat alles in den Spielzeugkorb, der in der Küche seine Bleibe hatte, deckte den Tisch fürs Frühstück sowie ein Tablett für das Abendessen, das sie und Henry am Kamin zu sich nehmen würden.

Dabei fiel ihr etwas ein. Sie ging ins Wohnzimmer, zündete das Feuer an und zog die Vorhänge zu. Ohne Blumen sah das Zimmer kahl aus, aber morgen wollte sie sich um die Blumen kümmern. Als sie wieder in die Küche kam, drückte sich Catkin durch sein Katzentürchen herein und gab Alison zu verstehen, daß die Zeit seines Abendessens lange verstrichen und er hungrig sei. Sie öffnete eine Dose Katzenfutter und gab ihm auch Milch, und er setzte sich in Eßpositur und verputzte alles fein säuberlich.

Alison überlegte, was sie für sich und Henry zum Abendbrot machen sollte. In der Speisekammer war ein Korb mit braunen Eiern, die Evie mitgebracht hatte. Omelette mit Salat. In der Obstschale waren sechs Apfelsinen, und unter der Käseglocke waren bestimmt noch ein paar Käsereste. Alison legte Kopfsalat und Tomaten, eine halbe grüne Paprikaschote und ein paar Selleriestangen zurecht und fing mit dem Salat an. Sie rührte gerade die Vinaigrette, als sie Henrys Auto den Weg heraufkommen und in die Garage fahren hörte. Gleich darauf erschien er mit seinem ausgebeulten Aktenkoffer und der Abendzeitung an der Hintertür. Er sah müde und knittrig aus.

«Hallo.»

«Hallo, Liebling.» Sie küßten sich. «War es anstrengend heute?»

«Hektisch bis dort hinaus.» Er sah den Salat und aß ein Blättchen Kopfsalat. «Ist das unser Abendessen?»

«Ja, und ein Omelette.»

«Bescheidene Kost.» Er lehnte sich an den Tisch. «Ich vermute, wir sparen für morgen abend?»

«Sprich nicht davon. Hast du Mr. Fairhurst heute gesehen?»

«Nein, er war auswärts. Wo sind die Kinder?»

«Evie badet sie. Hörst du es nicht? Sie ist dageblieben. Sie hat uns einen Kuchen gebacken, der ist noch im Backofen. Und Jack ist auf dem Markt.»

Henry gähnte. «Ich geh rauf und sag ihr, sie soll mir auch ein Bad einlassen. Das könnte ich gut gebrauchen.»

Alison räumte die Spülmaschine aus und ging dann ebenfalls nach oben. Aus irgendeinem Grund fühlte sie sich erschöpft. Es war ein seltener Genuß, im Schlafzimmer herumzutrödeln, friedlich und ohne Hast. Sie zog die Sachen aus, die sie den ganzen Tag getragen hatte, und nahm den samtenen Morgenrock, den Henry ihr zu Weihnachten geschenkt hatte, aus dem Schrank. Sie hatte dieses Kleidungsstück noch nicht oft getragen, da es in ihrem geschäftigen Leben selten eine passende Gelegenheit gab. Er war mit Seide gefüttert und fühlte sich wohlig und luxuriös an. Sie knöpfte ihn zu, band die Schärpe, schlüpfte in flache goldene Pantoffeln, die von irgendeinem vergangenen Sommer übriggeblieben waren, und ging ins Kinderzimmer, um gute Nacht zu sagen. Janey lag in ihrem Gitterbettchen und war kurz vorm Einschlafen. Evie saß auf Larrys Bettkante und hatte die Gutenachtgeschichte fast zu Ende gelesen. Larry hatte den Daumen in den Mund gesteckt, die Augen fielen ihm zu. Alison gab ihm einen Kuß.

«Bis morgen», sagte sie zu ihm. Er nickte, sein Blick wanderte zu Evie zurück. Er wollte die Geschichte zu Ende hören. Alison ging wieder hinunter. Sie hob Henrys Abendzeitung auf und nahm sie mit ins Wohnzimmer, um zu sehen, was es heute abend im Fernsehen gab. Da hörte sie ein Auto von der Hauptstraße her den Weg heraufkommen. Es bog in ihre Einfahrt ein. Hinter den zugezogenen Gardinen blitzten Scheinwerfer auf. Alison ließ die Zeitung sinken. Kies knirschte, als das Auto vor ihrer Haustür hielt. Dann klingelte es. Sie warf die Zeitung auf die Couch und ging öffnen.

Auf dem Kiesweg parkte ein Mercedes. Und vor der Tür standen, erwartungsvoll und festlich, Mr. und Mrs. Fairhurst.

Alisons erster Impuls war, ihnen die Tür vor der Nase zuzuschlagen, zu schreien, bis zehn zu zählen, um dann die Tür wieder aufzumachen und festzustellen, daß sie fort waren.

Aber sie waren ohne jeden Zweifel da. Mrs. Fairhurst lächelte. Alison lächelte ebenfalls. Sie spürte das Lächeln wie etwas, das ihr ins Gesicht geschlagen worden war und ihre Wangen zerknautschte.

«Ich fürchte», sagte Mrs. Fairhurst, «wir sind ein bißchen früh. Wir hatten solche Angst, uns zu verfahren.»

«Nein, nein, überhaupt nicht.» Alisons Stimme kam mindestens zwei Oktaven höher heraus als sonst. Sie hatte sich im

Datum geirrt. Sie hatte Mrs. Fairhurst den falschen Tag ge-
nannt. Sie hatte den allerentsetzlichsten, allergräßlichsten
Irrtum begangen. «Kein bißchen zu früh.» Sie trat zurück.
«Kommen Sie herein.»

Sie traten ein, und Alison schloß die Tür. Sie machten An-
stalten, sich aus ihren Mänteln zu schälen.

Ich kann es ihnen nicht sagen. Henry muß es ihnen sagen. Er
muß ihnen etwas zu trinken anbieten und ihnen sagen, daß es
nichts zu essen gibt, weil ich dachte, sie würden morgen abend
kommen.

Automatisch half sie Mrs. Fairhurst aus ihrem Pelzmantel.

«Haben ... haben Sie gut hergefunden?»

«Ja, sehr gut», sagte Mr. Fairhurst. Er trug einen dunklen
Anzug und eine elegante Krawatte. «Henry hat es mir ausgezeichnet erklärt.»

«Und es war ja auch nicht viel Verkehr.» Mrs. Fairhurst
roch nach Chanel No 5. Sie zupfte den Chiffonkragen ihres
Kleides zurecht und befühlte ihre Haare, die, silbern und ele-
gant, frisch gemacht waren, genau wie Alisons. Sie trug Dia-
mantohrringe und am Halsausschnitt ihres Kleides eine
wunderschöne Brosche.

«Ein bezauberndes Haus. Ein Glück für Sie und Henry,
daß Sie es gefunden haben.»

«Ja, wir fühlen uns sehr wohl hier.» Sie hatten die Mäntel
abgelegt. Sie standen da und lächelten sie an. «Kommen Sie
herein, ans Feuer.»

Sie ging voran in ihr warmes, vom Feuer erhelltes, aber
blumenloses Wohnzimmer, nahm geschwind die Zeitung
von der Couch und schob sie unter einen Stapel Illustrierte.
Sie rückte einen Sessel nahe ans Feuer. «Nehmen Sie Platz,

Mrs. Fairhurst. Henry ist leider ein bißchen spät aus dem Büro gekommen. Er wird jeden Moment unten sein.»

Sie müßte ihnen etwas zu trinken anbieten, aber die Getränke waren im Küchenschrank, und es würde merkwürdig und auch unhöflich aussehen, hinauszugehen und sie allein zu lassen. Und angenommen, sie würden um Martini Dry bitten? Henry war immer für die Getränke zuständig gewesen, und Alison hatte keine Ahnung, wie man einen Martini Dry mixte.

Mrs. Fairhurst ließ sich behaglich in dem Sessel nieder. Sie sagte: «Jock mußte heute morgen nach Birmingham, daher nehme ich an, daß er Henry heute nicht gesehen hat – stimmt's, Lieber?»

«Nein, ich war nicht im Büro.» Er stand am Kamin und sah sich anerkennend um. «Ein hübscher Raum.»

«Oh, danke.»

«Haben Sie einen Garten.»

«Ja. Ungefähr einen Morgen. Er ist eigentlich viel zu groß.» Sie blickte verzweifelt um sich; ihre Augen leuchteten auf, als sie auf die Zigarettendose fielen. Sie nahm sie in die Hand und öffnete sie. Sie enthielt vier Zigaretten. «Möchten Sie eine Zigarette?»

Aber Mrs. Fairhurst rauchte nicht, und Mr. Fairhurst sagte, wenn Alison nichts dagegen hätte, würde er eine von seinen Zigarren rauchen. Alison erwiderte, sie habe durchaus nichts dagegen, und stellte die Dose wieder auf den Tisch. Eine Reihe erschreckender Bilder flitzte ihr durch den Kopf. Henry, der sich noch in der Wanne rekelte, das bißchen Salat, das einzige, was sie zum Abendessen gemacht hatte, das Eßzimmer, eisig kalt und ungastlich.

«Halten Sie den Garten selbst in Ordnung?»

«Oh ... o ja. Wir versuchen es. Er war völlig verwahrlost, als wir das Haus kauften.»

«Und Sie haben zwei kleine Kinder?» Mrs. Fairhurst hielt das Gespräch höflich in Gang.

«Ja. Ja, sie sind schon im Bett. Ich habe eine Freundin, Evie. Sie ist die Schwester des Bauern. Sie hat sie ins Bett gebracht.»

Was könnte man sonst noch sagen? Mr. Fairhurst hatte seine Zigarre angezündet, das Zimmer war von ihrem erlesenen Geruch erfüllt. Was könnte man sonst noch tun? Alison atmete tief durch. «Sie möchten bestimmt gerne einen Drink. Was darf ich Ihnen anbieten?»

«Oh, sehr liebenswürdig.» Mrs. Fairhurst blickte sich um. Weder Flaschen noch Weingläser waren bereitgestellt, aber wenn sie darüber irritiert war, so ließ sie es sich höflicherweise nicht anmerken. «Ein Glas Sherry wäre wunderbar.»

«Und Sie, Mr. Fairhurst?»

«Für mich dasselbe?»

Sie pries beide im stillen, weil sie nicht um Martinis gebeten hatten. «Wir ... wir haben eine Flasche Tio Pepe ...?»

«Welch ein Genuß!»

«Nur, leider ... macht es Ihnen etwas aus, wenn ich Sie einen Moment allein lasse? Henry – er hatte keine Zeit, ein Tablett mit Getränken herzurichten.»

«Machen Sie sich unseretwegen keine Sorgen», wurde ihr versichert. «Wir fühlen uns hier am Feuer sehr wohl.»

Alison verschwand und schloß sachte die Tür hinter sich. Es war schrecklicher als alles, was man sich je hatte vorstellen können. Dabei waren es so nette, liebenswerte Leute, was al-

les nur noch schlimmer machte. Sie benahmen sich vorbild-
lich, und sie besaß nicht mal so viel Verstand, sich zu erinnern, für welchen Abend sie sie eingeladen hatte.

Aber es war keine Zeit, um dazustehen und nichts zu tun,
als sich zu hassen. Etwas mußte geschehen. Leise flitzte sie in
Pantoffeln die Treppe hinauf. Die Badezimmertür stand offen, ebenso die Schlafzimmertür. Und dort stand Henry in-
mitten von hingeworfenen Badetüchern, Socken, Schuhen
und Hemden und zog sich mit Lichtgeschwindigkeit an.

«Henry, sie sind da.»

«Ich weiß.» Er streifte ein sauberes Hemd über den Kopf,
steckte es in die Hose, machte den Reißverschluß zu und griff
nach einer Krawatte. «Ich hab sie vom Badezimmerfenster
aus gesehen.»

«Es ist der falsche Abend. Ich muß einen Fehler gemacht
haben.»

«Das habe ich bereits mitgekriegt.» Er ging in die Knie, um
auf gleicher Höhe mit dem Spiegel zu sein, und kämmte sich
die Haare.

«Du mußt es ihnen sagen.»

«Ich kann's ihnen nicht sagen.»

«Du meinst, wir müssen ihnen ein Essen vorsetzen?»

«Irgendwas müssen wir ihnen wohl bieten.»

«Was soll ich bloß tun?»

«Haben sie schon was zu trinken?»

«Nein.»

«Gib ihnen schnell was zu trinken, und danach sehen wir
weiter.»

Sie sprachen im Flüsterton. Er sah sie nicht mal richtig an.

«Henry, es tut mir so leid.»

Er knöpfte seine Weste zu. «Es ist nicht zu ändern. Geh jetzt runter und gib ihnen was zu trinken.»

Sie raste wieder nach unten, blieb einen Moment vor der geschlossenen Wohnzimmertür stehen und hörte dahinter das kameradschaftliche Gemurmel ehelichen Geplauders. Sie pries sie abermals, weil sie zu den Leuten gehörten, die sich immer etwas zu sagen hatten, und begab sich in die Küche. Da stand der Kuchen, frisch aus dem Ofen. Da stand der Salat. Und da stand Evie, den Hut auf, den Mantel zugeknöpft, auf dem Sprung. «Sie haben Besuch bekommen», bemerkte sie mit fröhlicher Miene.

«Das ist kein Besuch. Das sind die Fairhursts. Henrys Chef mit seiner Frau.»

Evies Miene war nicht mehr fröhlich. «Aber die kommen doch morgen.»

«Ich habe einen gräßlichen Irrtum begangen. Sie sind heute abend gekommen. Und es ist nichts zu essen da, Evie.» Ihre Stimme brach. «Nichts.»

Evie überlegte. Sie erkannte eine Krise auf den ersten Blick. Krisen waren Evies Lebenselixier. Mutterlose Lämmer, qualmende Kamine, Motten in den Kniekissen der Kirche – sie war mit allem fertig geworden. Nichts verschaffte Evie mehr Befriedigung, als sich einer Situation gewachsen zu zeigen. Jetzt sah sie auf die Uhr, dann setzte sie ihren Hut ab. «Ich bleib da», verkündete sie, «und helf Ihnen.»

«O Evie – wirklich?»

«Die Kinder schlafen. Damit ist ein Problem aus der Welt.» Sie knöpfte ihren Mantel auf. «Weiß Henry Bescheid?»

«Ja. Er zieht sich gerade an.»

«Was hat er gesagt?»

«Ich soll ihnen was zu trinken geben.»

«Worauf warten wir dann noch?» fragte Evie.

Ein Tablett, Gläser, die Flasche Tio Pepe. Evie fummelte Eis aus der Eiswürfelschale. Alison fand Nüsse.

«Das Eßzimmer», sagte Alison. «Ich hatte den Kamin anmachen wollen. Es ist eiskalt da drin.»

«Ich bring den kleinen Ölofen in Gang. Der riecht ein bißchen, aber er wärmt das Zimmer schneller als sonstwas. Und ich zieh die Vorhänge zu und mach die Warmhalteplatte an.» Sie öffnete die Küchentür. «Schnell, gehen Sie rein.»

Alison trug das Tablett durch die Diele, setzte ein Lächeln auf, öffnete die Tür und trat ein. Die Fairhursts saßen am Kamin, sie wirkten entspannt und heiter, aber Mr. Fairhurst erhob sich nun, um Alison zu helfen; er zog ein Tischchen heran und nahm ihr das Tablett ab.

«Wir haben gerade gesagt», erklärte Mrs. Fairhurst, «wir wünschten, unsere Tochter würde Ihrem Beispiel folgen und auch aufs Land ziehen. Sie haben eine reizende kleine Wohnung in der Fulham Road, aber sie bekommt im Sommer ihr zweites Baby, und ich fürchte, dann wird es sehr eng.»

«Es ist ein gewaltiger Schritt …» Alison griff nach der Sherryflasche, doch Mr. Fairhurst sagte «Erlauben Sie», nahm ihr die Flasche ab, schenkte ein, reichte seiner Frau ein Glas. «Aber Henry …»

Als sie seinen Namen aussprach, hörte sie seine Schritte auf der Treppe, die Tür ging auf, und da war er. Sie hatte erwartet, daß er ins Zimmer platzen würde, außer Atem, vollkommen hektisch, mit einem fehlenden Knopf oder Manschettenknopf. Doch seine Erscheinung war tadellos, so als hätte er wenigstens eine halbe Stunde damit zugebracht, sich umzuziehen, und nicht nur zwei Minuten. Trotz des alptraumhaften Geschehens fand Alison Zeit, ihren Mann im stillen zu bewundern. Er überraschte sie immer aufs neue, und seine Gefaßtheit war erstaunlich. Dadurch wurde sie selbst ein bißchen ruhiger. Immerhin stand Henrys Zukunft, seine Karriere auf dem Spiel. Wenn er diesen Abend nonchalant bewältigen konnte, dann konnte Alison es bestimmt auch. Zusammen könnten sie es vielleicht schaffen.

Henry war charmant. Er entschuldigte sich für sein spätes Erscheinen, vergewisserte sich, daß seine Gäste es bequem hatten, schenkte sich ein Glas Sherry ein und ließ sich ganz entspannt in der Mitte der Couch nieder. Er und die Fairhursts begannen ein Gespräch über Birmingham. Alison stellte ihr Glas ab, murmelte etwas von Sich-ums-Essen-Kümmern und verließ das Zimmer.

Auf der anderen Seite der Diele hörte sie Evie sich mit dem alten Ölofen abmühen. Sie ging in die Küche und band sich eine Schürze um. Sie hatte den Salat. Und was noch? Keine Zeit, die Garnelen aufzutauen, das Rinderfilet zuzubereiten oder Mutters Zitronensoufflé zu machen. Und die Tiefkühltruhe war wie gewöhnlich gefüllt mit der Sorte Kost, mit der sie die Kinder verpflegte, ansonsten enthielt sie wenig. Fischstäbchen, tiefgefrorene Chips, Eis. Sie hob den Deckel und spähte hinein. Sah ein paar steinharte Hähnchen, drei in Scheiben geschnittene Brotlaibe, zwei Eis am Stiel.

O Gott, bitte laß mich was finden. Bitte laß etwas dasein, was ich den Fairhursts vorsetzen kann.

Sie dachte an all die schreckerfüllten Stoßgebete, die sie im

Laufe ihres Lebens gen Himmel geschickt hatte. Vor langer Zeit war sie zu dem Schluß gekommen, daß irgendwo droben im blauen Jenseits ein Computer sein mußte; wie wollte Gott sonst Buch führen über die Billionen und Aberbillionen Bitten um Hilfe und Beistand, die ihn durch alle Ewigkeit erreichten?

Bitte laß etwas zum Essen dasein.

Surr, surr, machte der Computer, und da war die Lösung. Ein Plastikbehälter mit Chili con carne, das Alison vor ein paar Monaten gekocht und eingefroren hatte. In einem Topf auf der Kochplatte gerührt, würde es nicht länger als fünfzehn Minuten zum Auftauen brauchen, und dazu könnte es Reis und Salat geben.

Ihre Inspektion ergab, daß kein Reis da war, nur eine angebrochene Packung Bandnudeln. Chili con carne mit Bandnudeln und knackigem grünem Salat. Schnell dahergesagt, klang es gar nicht so übel.

Und als Entree? Suppe. Eine einzige Dose Consommé war da, das reichte nicht für vier Personen. Sie stöberte in ihren Regalen nach etwas, womit sie die Suppe ergänzen könne, und stieß auf ein Glas Känguruhschwanzsuppe, das ihnen jemand vor zwei Jahren als Gag zu Weihnachten geschenkt hatte. Sie schnappte sich den Behälter, die Packung, die Dose und das Glas, schloß den Deckel der Tiefkühltruhe und stellte alles auf den Küchentisch. Evie erschien, den Ölkanister in der Hand und einen Rußfleck auf der Nase.

«Funktioniert prima», erklärte sie. «Ist schon wärmer im Eßzimmer. Sie hatten keine Blumen hingestellt, und der Tisch sah 'n bißchen nackt aus, da hab ich die Schale mit den Apfelsinen mittendrauf gestellt. Sieht nicht nach viel aus, aber besser als nichts.» Sie stellte den Kanister ab und betrachtete das eigenartige Sammelsurium von Lebensmitteln auf dem Tisch.

«Was sind denn das für Sachen?»

«Abendessen», sagte Alison, die unterdessen am Topfschrank stand und einen Topf suchte, der groß genug war für das Chili con carne. «Klare Suppe – zur Hälfte Känguruhschwanzsuppe, aber das braucht ja keiner zu wissen. Chili con carne mit Bandnudeln. Ist das etwa nichts?»

Evie zog ein Gesicht. «Hört sich für mich nicht nach viel an, aber manche Leute essen ja alles.» Sie selbst bevorzugte schlichte Hausmannskost, nicht diesen fremdländischen Firlefanz. Ein schönes Stück Hammelfleisch mit Kapernsoße, dafür hätte Evie sich entschieden.

«Und was für einen Pudding kann ich machen?»

«In der Tiefkühltruhe ist Eis.»

«Ich kann ihnen nicht bloß Eis auftischen.»

«Dann machen Sie eine Soße. Heiße Schokoladensoße, das ist was Feines.»

Heiße Schokoladensoße. Die beste heiße Schokoladensoße erhielt man, indem man einfach Schokoladetafeln schmolz, und Alison hatte zwei Tafeln, denn sie hatte sie für die Kinder gekauft und vergessen, sie ihnen zu geben. Sie fand sie in ihrer Handtasche.

Und danach Kaffee.

«Ich mach den Kaffee», sagte Evie.

«Ich hatte keine Zeit, die besten Tassen zu spülen. Und die sind im Wohnzimmerschrank.»

«Macht nichts, wir nehmen Teetassen. Die meisten Leute mögen sowieso lieber größere Tassen. Ich auch. Mit den

Mokkatäßchen kann ich nichts anfangen.» Schon hatte sie das Chili con carne aus dem Behälter und im Topf. Sie rührte es um und beäugte es mißtrauisch. «Was sind denn das für kleine Dinger?»

«Rote Kidneybohnen.»

«Riecht komisch.»

«Das ist das Chili. Es ist ein mexikanisches Gericht.»

«Ich hoffe bloß, sie mögen mexikanisches Essen.»

Das hoffte Alison auch.

Als sie zu den anderen kam, ließ Henry diskret ein paar Minuten vergehen, dann erhob er sich und sagte, er müsse sich um den Wein kümmern.

«Ihr seid wirklich großartig, ihr jungen Leute», sagte Mrs. Fairhurst, als Henry hinausgegangen war. «Als wir jung verheiratet waren, graute mir immer davor, Gäste zum Essen zu haben, und dabei hatte ich eine Hilfe.»

«Evie hilft mir heute abend.»

«Und ich war so eine miserable Köchin!»

«Ach komm, meine Liebe», tröstete sie ihr Mann, «das ist lange her.»

Dies schien ein günstiger Zeitpunkt, um es zu sagen: «Ich hoffe, Sie können Chili con carne essen. Es ist ziemlich scharf.»

«Gibt es das heute abend? Köstlich. Ich habe es nicht mehr gegessen, seit Jock und ich in Texas waren. Wir waren auf einem geschäftlichen Kongreß dort.»

Mr. Fairhurst schmückte es noch weiter aus. «Und als wir in Indien waren, hat sie schärferes Curry essen können als alle anderen. Mir kamen die Tränen, und sie blieb ganz kühl und gelassen.»

Henry kam zurück. Mit dem Gefühl, sich mitten in einem grotesken Spiel zu befinden, verzog Alison sich abermals. In der Küche hatte Evie alles im Griff, bis hin zur letzten Kochplatte.

«Führen Sie sie jetzt rein», sagte Evie, «und wenn's nach Öl riecht, sagen Sie nichts. So was muß man einfach ignorieren.»

Aber Mrs. Fairhurst sagte, sie liebe Ölgeruch. Er erinnere sie an die Cottages auf dem Lande, als sie ein Kind war. Und siehe, das gefürchtete Eßzimmer sah gar nicht so übel aus. Evie hatte die Kerzen angezündet und nur die kleinen Wandlampen über dem viktorianischen Buffet angelassen. Sie nahmen ihre Plätze ein. Mr. Fairhurst saß dem Hochlandrind im Regen gegenüber. «Wo haben Sie dieses wunderbare Bild aufgetrieben?» wollte er wissen, als sie mit der Suppe begannen. «Solche Bilder hängt sich heute keiner mehr ins Eßzimmer.»

Henry erzählte ihm von dem Messinggitter und der Versteigerung. Alison versuchte herauszufinden, ob die Känguruhschwanzsuppe nach Känguruhschwänzen schmeckte, aber das tat sie nicht. Sie schmeckte einfach nach Suppe.

«Sie haben das Eßzimmer wie ein viktorianisches Kabinett eingerichtet. Sehr geschickt.»

«Es war eigentlich nicht geschickt», sagte Henry. «Es hat sich so ergeben.»

Die Einrichtung des Eßzimmers beschäftigte sie während des ersten Ganges. Beim Chili con carne sprachen sie über Texas, Amerika, Urlaub, die Kinder. «Wir sind mit den Kindern immer nach Cornwall gefahren», sagte Mrs. Fairhurst, während sie ihre Bandnudeln zierlich um die Gabel wand.

«Ich würde mit unseren gerne in die Bretagne fahren»,

sagte Henry. «Ich war einmal dort, mir vierzehn, und seither scheint mir die Gegend für Kinder ideal.»

Mr. Fairhurst erzählte, als Junge habe man ihn jeden Sommer zur Isle of Wight mitgenommen. Er habe sein eigenes kleines Dinghy gehabt. Daraufhin wurde Segeln das Gesprächsthema, und Alison fand es so interessant, daß sie vergaß, die leeren Teller abzuräumen, bis Henry, als er ihr Wein nachschenkte, ihr einen sachten Stups gab.

Sie räumte das Geschirr zusammen und brachte es zu Evie in die Küche. «Wie läuft's?» fragte Evie.

«Ganz gut, denke ich.»

Evie begutachtete die leeren Teller. «Jedenfalls haben sie's gegessen. Nun machen Sie schon, tragen Sie den Rest auf, bevor die Soße fest wird, und ich koch Kaffee.»

Alison sagte: «Ich weiß nicht, was ich ohne Sie angefangen hätte, Evie. Ich weiß es einfach nicht.»

«Wenn ich Ihnen einen Rat geben darf», sagte Evie, indem sie Alison das Tablett mit dem Eis und den Puddingschälchen auf die Arme lud, «kaufen Sie sich einen kleinen Terminkalender. Schreiben Sie alles auf. Termine wie dieser sind zu wichtig, um sie dem Zufall zu überlassen. Das sollten Sie wirklich tun. Kaufen Sie sich einen kleinen Terminkalender.»

«Was ich nicht verstehe», sagte Henry, «warum hast du das Datum nicht notiert?»

Es war Mitternacht. Die Fairhursts waren um halb zwölf gegangen, nachdem sie sich vielmals bedankt und die Hoffnung ausgesprochen hatten, daß Alison und Henry bald zum Abendessen zu ihnen kommen würden. Das Haus sei bezaubernd, sagten sie wieder, und sie hätten das delikate Essen sehr genossen. Es sei wirklich, wiederholte Mrs. Fairhurst ein ums andere Mal, ein unvergeßlicher Abend gewesen.

Sie fuhren ab, verschwanden in der Dunkelheit. Henry schloß die Haustür, und Alison brach in Tränen aus.

Es erforderte einige Zeit und ein Glas Whisky, ehe sie sich zum Aufhören überreden ließ. «Ich bin unmöglich», sagte sie zu Henry. «Ich weiß es.»

«Du hast es sehr gut gemacht.»

«Aber es war ein so ausgefallenes Gericht. Evie dachte, sie würden es nie und nimmer essen! Und im Eßzimmer war es überhaupt nicht warm, es roch bloß nach …»

«Es roch nicht schlecht.»

«Und es waren keine Blumen da, bloß Apfelsinen, und ich weiß, du läßt dir gerne Zeit mit dem Weinaufmachen, und ich war im Morgenrock.»

«Du hast reizend ausgesehen.»

Sie wollte sich nicht trösten lassen. «Aber es war so wichtig. Es war so wichtig für dich. Und ich hatte alles geplant. Das Rinderfilet und alles, und den Blumenschmuck. Und ich hatte eine Einkaufsliste, ich hatte alles aufgeschrieben.»

Und an dieser Stelle sagte er: «Was ich nicht verstehe, warum hast du das Datum nicht notiert?»

Sie versuchte sich zu erinnern. Sie hatte unterdessen aufgehört zu weinen, sie saßen nebeneinander auf der Couch vor dem ersterbenden Feuer. «Ich glaube, es war nichts da, wo ich es draufschreiben konnte. Ich kann nie im richtigen Moment einen Zettel finden. Und sie hat gesagt, am Siebten, ich bin ganz sicher. Aber das kann ja wohl nicht sein», endete sie verzagt.

«Ich hab dir zu Weihnachten einen Terminkalender geschenkt», erinnerte Henry sie.

«Ich weiß, aber Larry hat ihn sich zum Zeichnen ausgeliehen, und seitdem hab ich ihn nicht mehr gesehen. O Henry, jetzt kriegst du die Stellung nicht, und es ist ganz allein meine Schuld.»

«Wenn ich den Posten nicht bekomme, dann deswegen, weil es nicht sein soll. Und jetzt wollen wir nicht mehr darüber sprechen. Es ist vorbei. Laß uns ins Bett gehen.»

Am nächsten Morgen regnete es. Henry ging zur Arbeit, Larry wurde von einer Nachbarin abgeholt und zum Kindergarten gefahren. Janey zahnte, sie war unleidlich und erforderte ständige Zuwendung. Da das Baby entweder auf ihrem Arm war oder zu ihren Füßen wimmerte, hatte Alison Mühe, die Betten zu machen, Geschirr zu spülen, die Küche aufzuräumen. Später, wenn sie sich kräftiger fühlte, wollte sie ihre Mutter anrufen und ihr sagen, daß es nicht mehr nötig sei, die Kinder abzuholen und über Nacht bei sich zu behalten. Sie wußte, wenn sie jetzt gleich anriefe, würde sie in Tränen aufgelöst ins Telefon weinen, und sie wollte ihre Mutter nicht beunruhigen.

Als sie Janey endlich zu ihrem Vormittagsschläfchen hingelegt hatte, ging sie ins Eßzimmer. Es war dunkel und roch schal nach Zigarrenrauch und den letzten Ausdünstungen des alten Ölofens. Sie zog die Samtvorhänge zurück, und das graue Morgenlicht fiel auf das Durcheinander von zerknüllten Servietten, Gläsern mit Weinresten, vollen Aschenbechern. Sie holte ein Tablett und fing an, die Gläser einzusammeln. Das Telefon klingelte.

Sie vermutete, es sei Evie. «Hallo?»

«Alison?» Es war Mrs. Fairhurst. «Mein liebes Kind. Was kann ich sagen?»

Alison runzelte die Stirn. Ja wirklich, was könnte Mrs. Fairhurst zu sagen haben? Es tut mir leid?

«Es war alles meine Schuld. Ich habe eben in meinem Terminkalender nachgesehen, wann die Versammlung des Fonds zur Rettung der Kinder ist, zu der ich hinmuß, und festgestellt, daß Sie uns *heute abend* zum Essen eingeladen haben. Freitag. Sie hatten uns gestern abend nicht erwartet.»

Alison holte tief Luft und stieß zitternd einen Seufzer der Erleichterung aus. Ihr war, als sei ihr eine schwere Last von den Schultern genommen worden. Nicht sie hatte sich geirrt, sondern Mrs. Fairhurst.

«Hm …» Es war sinnlos, zu lügen. «Nein.»

«Und Sie haben kein Wort gesagt. Sie haben getan, als hätten Sie uns erwartet, und uns so ein köstliches Mahl aufgetischt. Und alles sah so hübsch aus, und Sie beide wirkten so entspannt. Ich kann es einfach nicht fassen. Und ich begreife nicht, wieso ich so dumm war, außer daß ich meine Brille nicht finden konnte, und da habe ich offenbar den falschen Tag eingetragen. Werden Sie mir je verzeihen?»

«Aber ich war genauso schuld. Ich drücke mich am Telefon schrecklich unklar aus. Ich dachte tatsächlich, die Verwechslung sei ganz allein meine Schuld gewesen.»

«Dabei waren Sie so reizend. Jock wird wütend auf mich sein, wenn ich ihn anrufe und es ihm erzähle.»

«Bestimmt nicht.»

«Na ja, es ist nun mal geschehen, und es tut mir aufrichtig leid. Es muß ein Alptraum gewesen sein, als Sie die Tür auf-

machten und wir dastanden, herausgeputzt wie Weihnachts-
bäume! Und danke, daß Sie soviel Verständnis für eine
dumme alte Frau haben.»

«Ich finde Sie überhaupt nicht dumm», sagte Alison zur
Gattin des Chefs ihres Mannes. «Ich finde Sie umwerfend.»

Als Henry an diesem Abend nach Hause kam, briet Alison
das Rinderfilet. Es war zuviel für sie beide, aber den Rest
könnten die Kinder morgen mittag kalt essen. Henry kam
spät. Die Kinder waren im Bett und schliefen. Der Kater war
gefüttert, das Feuer angezündet. Es war fast Viertel nach sieben, als sie Henrys Wagen den Weg heraufkommen und in
die Garage fahren hörte. Der Motor wurde abgestellt, das
Garagentor geschlossen. Dann ging die Hintertür auf, und
Henry erschien, und er sah so ziemlich wie immer aus,
außer daß er neben Aktenmappe und Zeitung den größten
Strauß rote Rosen in der Hand trug, den Alison je gesehen
hatte.

Mit dem Fuß machte er die Tür hinter sich zu.

«So», sagte er.

«So», sagte Alison.

«Sie sind am falschen Abend gekommen.»

«Ja, ich weiß. Mrs. Fairhurst hat mich angerufen. Sie hatte
das falsche Datum in ihren Terminkalender eingetragen.»

«Die beiden finden dich großartig.»

«Es spielt keine Rolle, wie sie mich finden Es kommt nur
darauf an, wie sie dich finden.»

Henry lächelte. Er trat zu ihr, die Rosen vor sich hin hal-
tend wie eine Opfergabe.

«Weißt du, für wen die sind?»

Alison überlegte. «Für Evie, will ich hoffen. Wenn jemand rote Rosen verdient hat, dann Evie.»

«Ich habe schon veranlaßt, daß Evie Rosen geschickt bekommt. Rosa Rosen mit viel Asparagus und einer entsprechenden Karte. Rate noch mal.»

«Sind sie für Janey?»

«Falsch.»

«Larry? Für den Kater?»

«Wieder falsch.»

«Ich geb's auf.»

«Sie sind», sagte Henry, um einen gewichtigen Ton bemüht, dabei strahlte er wie ein erwartungsvoller Schuljunge, «für die Gattin des neuernannten Exportchefs von Fairhurst & Hanbury.»

«Du hast den Posten!»

Er trat von ihr zurück, und sie sahen sich an. Dann machte Alison ein Geräusch, das sich halb wie ein Schluchzen, halb wie ein Triumphgeschrei anhörte, und warf sich an seine Brust. Er ließ Aktenmappe, Zeitung und Rosen fallen und nahm sie in seine Arme.

Nach einer Weile sprang Catkin, von dem Tumult aufgestört, aus seinem Korb, um die Rosen zu begutachten, aber als er feststellte, daß sie nicht eßbar waren, legte er sich wieder auf seiner Decke schlafen.

Copyright

Foto: Kristina Jentzsch

Rosamunde Pilcher

Die Königin des romantischen Liebesromans

Lieferbare Titel:

Das blaue Zimmer
Roman 3-499-13922-7

Die Muschelsucher
Roman 3-499-13180-3

Ende eines Sommers
Roman3-499-12971-X

Heimkehr
Roman 3-499-22148-9

Karussell des Lebens
Roman 3-499-12972-8

Lichterspiele
Roman 3-499-12973-6

Schlafender Tiger
Roman 3-499-12961-2

Schneesturm im Frühling
Roman 3-499-12998-1

September
Roman 3-499-13370-9

Sommer am Meer
Roman 3-499-12962-0

Stürmische Begegnung
Roman 3-499-12960-4

Wechselspiel der Liebe
Roman 3-499-12999-X

Wilder Thymian
Roman 3-499-12936-1

Wolken am Horizont
Roman 3-499-12937-X

3-499-23118-2